集英社オレンジ文庫

下鴨アンティーク

アリスの宝箱

白川紺子

下鴨アンティーク
アリスの宝箱

目次

登場人物紹介

野々宮《ののみや》 鹿乃《かの》

両親を早くに亡くし、祖母に育てられた。
アンティーク着物を愛しており、日頃よく着ている。
祖母が蔵に残した〝いわくつき〟の着物の管理を引き継いだ。

野々宮《ののみや》 良鷹《よしたか》

鹿乃の兄。ぐうたらな性格で、「いいのは顔と頭だけ」と揶揄されている。
実際、友人は慧ひとりだったが、知り合いの骨董店の娘、真帆が新たな友人(?)に。
古美術商を営んでおり、その眼は確か。

八島《やしま》 慧《けい》

良鷹の友人。近所の大学で近世文学を教えている若き准教授。
長らく野々宮家の離れに居候していた。

野々宮《ののみや》 芙二子《ふじこ》

鹿乃と良鷹の祖母。
〝いわくつき〟の着物を預かり、蔵で管理していたようだが……？

津守《つもり》 幸《ゆき》

良鷹の中学時代の同級生の娘。両親を亡くし、ある事情から、
野々宮家に引き取られた。

石橋《いしばし》 春野《はるの》

着物の謎を調べるうちに知り合った大学生。
北白川の洋館に住み、薔薇を育てている。すらりとした長身で物静かな佇まい。
鹿乃に告白したが断られ、身を引いた。

イラスト 井上のきあ

鶯《うぐいす》の落し文

葉には血が通っている気がする、と木々を見あげて幸《ゆき》は思う。春から夏にかけて、葉の一枚いちまい、すみずみにまで血が行きわたり、すさまじい速さで育ってゆく。耳をすませば、その音が聞こえるのだ。

糺《ただす》の森、と呼ばれるこの森には、とてつもなく古い木もあれば、幸のような子供の木もある。下鴨《しもがも》神社の鎮守《ちんじゅ》の森だが、厳《おごそ》かというより健《すこ》やかな森だと思う。清々《すがすが》しい陽光に満ちたなかで、飛び交う鳥の鳴き声からその会話を推し量るのも、落ち葉の下でかすかな音を立てる虫の生活を想像するのも、楽しかった。幸は野々宮《ののみや》家に引き取られてこの地にやってきて以来、この森がお気に入りだ。しばしば夢中になって時間を忘れるので、心配した鹿乃《かの》や良鷹《よしたか》が迎えに来ることもよくあった。

腐葉土となりつつある枯れ葉が木の根もとを覆《おお》い、その上に濃い木洩れ日《こもれび》が落ちている。枯れ葉を踏みしだくと、腐りゆく葉のにおいがたちのぼった。そこに若葉のむせ返るような青いにおいが混じりあい、肺のなかがいっぱいになる。幸はしゃがみこみ、地面を見つめた。枯れ葉のあいだに、まだ青々とした葉が落ちている。それも海苔《のり》巻きのように、くるくると巻かれた葉だ。

——なんだろう?

幸はその葉を拾いあげた。見れば、おなじようなものがぽつぽつと周辺に落ちている。

誰が、なんのためにこんなものを作ったのだろう、と不思議に思っていると、うしろから声がした。

「それはな、『鶯《うぐいす》の落《おと》し文《ぶみ》』ていうんやで」

ふり向くと、杖をついた老人がたたずんでいた。幸を見てにこやかにほほえんでいる。髪は白く、体つきも枯れ木のようだったが、背筋はしゃんとしていた。らくだ色の帽子をかぶり、煉瓦《れんが》色のジャケットを羽織っている。幸にはもう汗ばむほどの季節なのに、彼はジャケットの下に格子柄《こうしがら》のセーターを着こんでいた。

片脚《あし》をやや引きずりながら、老人は幸のほうに近づいてくる。幸は身構えた。知らない相手と言葉を交わすのは苦手だった。

「鶯が落としていった手紙や。なにが書いてあるんやろな」

警戒する幸の態度も意に介さない様子で、老人は木を見あげた。幸は目をしばたたいて、そっと上を見あげた。どこかに鶯がいるのだろうか。

「というてもな、ほんまは鶯が落としてくもんやない。虫が落とすんや」

「……虫？」

幸が小さく訊《き》き返すと、老人は目を細めた。

「そう。虫や。オトシブミていう虫。そうやって卵を葉でくるんで、地面に落とすんや」

「卵?」幸は手にした葉に目を落とす。「これ、虫の卵が入ってるん?」

「そやで。上手に丸めてるやろ」

うなずきつつ、幸は葉を地面に戻した。持って帰ろうと思っていたが、虫の卵ならだめだ。卵が孵《かえ》って虫が出てきたら、鹿乃はきっとびっくりしてしまうだろう。

「お嬢ちゃん、この森が好きなんか?」

幸はまたうなずいた。

「僕もや。毎日ここに来てるけど、今の時季が一番ええな」

「なんで?」幸はまだほかの季節のこの森を知らない。

「いろんな生き物の音がするさかい。森の成長する音も」

「葉っぱの音も聞こえる?」

「葉っぱの音?」

「木の葉っぱがぐんぐん大きなる音」

老人は笑った。

「そやな。木が水を吸いあげて、繁《しげ》ってく音がするわ」

幸の黒々とした瞳《ひとみ》が輝いた。老人につぎつぎと質問を浴びせる。ほかの季節はどんな音がするのか、あの鳴き声はなんの鳥か、なんと呼びかけているのか……。老人は幸のそんな問いに穏やかに笑って答えながら、木の周囲をゆっくり歩いた。落し物でもしたのか、なにかをさがすように下を見まわしている。

「……なにかさがしてるん？」

尋《たず》ねると、老人は顔をあげて笑った。

「うん、ちょっと、文をな」

「ふみ？」

「そや。――落し文をさがしてるんや」


その日の夕飯は、ハンバーグだった。幸は宿題をすませて階下の食堂に向かうと、テーブルにはすでに料理が並んでいた。

「幸ちゃん、お箸《はし》持っていってくれる？」

台所から鹿乃に呼ばれて、全員分の箸をとりに行く。箸を並べるのは幸の仕事だった。藍《あい》色の箸は良鷹、桜色は鹿乃、赤い地に白い花を散らしたのが幸の箸だ。大学生の鹿乃と、鹿乃の歳《とし》の離れた兄である良鷹、そしてひと月ばかり前に引き取られた幸。この家の住人はこれでぜんぶだ。兄妹《きょうだい》と幸に共通しているのは、ともに両親がいないことだった。

「ハンバーグソース、今日は前より甘めにしてみたんやけど、どう？」

「おいしい」

短く答えてから、幸は急いで「すごく」とつけ足した。鹿乃はほっとしたように笑った。ハンバーグは、かわいらしいクマの形をしている。つけあわせは、にんじんが苦手な幸のためにバターで甘く煮たグラッセだった。料理は鹿乃と良鷹が交替で作っているが、幸のぶんはいつも子供向けに工夫をしてあった。

「糺の森に、なんか面白いもんでもあったんか？　帰りが遅かったけど」

良鷹が訊いてくる。つまらなそうな顔をしているが、とくに機嫌が悪いわけではなく、ふだんから愛想《あいそ》のないひとだった。

「鶯の落し文があった」

「ああ、葉っぱがくるくる巻かれた……わたしも子供のころ拾ったことあるわ」

鹿乃が懐かしそうにする。「お祖母《ばあ》ちゃんに見せたら、虫の卵が入ってるから戻しておいでって言われたけど」

「鶯の落し文なんて言葉、よう知ってたな。津守《つもり》――お父さんが教えてくれたんか？」

幸の父、津守亘《わたる》は良鷹の同級生だった。幸は、一拍置いて「うん」とうなずいた。嘘《うそ》をついた。なんとなく、あの老人のことは内緒にしておきたかった。

『落し文をさがしてるんや』

老人はそう言った。

『婚約者からの落し文。そんなん、あるはずないのはわかってるんやけどな』

若いころ、婚約者の少女と文を交わしていたそうだ。おおっぴらに手渡すのは気恥ずかしく、おたがい、相手の通る道にこっそり文を落としていた。その場所が糺の森だったそうだ。——そんな昔の手紙など、当然残っているわけがない。

『その婚約者の女のひと、どうしはったん？』

老人が、『妻』ではなく『婚約者』と言ったのが気にかかった。妻にならず、婚約者のままだったのか、と。そうした勘の鋭さも、幸が周囲から『気味が悪い』と言われていた所以《ゆえん》だったが。

老人は地面を眺めたまますこし笑った。

『死んだんや。結婚する前に、病気で』

それから幸はしばらく老人とともに落し文をさがした。

「幸、明日は弥生《やよい》さんとこ行くけど、おまえも一緒に来るか？」

良鷹に話しかけられて、われに返った幸は首をふった。

「明日は、澪《みお》ちゃんたちと遊ぶ約束してるから」

弥生という店主が寺町通《てらまちどおり》に構える骨董《こっとう》店は、良鷹が前に一度つれていってくれた。いろんなものがあって、すぐ好きになった店だ。行きたいけれど、日曜の明日は先約がある。

「お兄ちゃん、がっかりやな。幸ちゃんと一緒に出かけるのが楽しみやのに」

そう言って笑う鹿乃を、良鷹が横目でにらんでいる。

「鹿乃おねえちゃんは、行けへんの？」

兄妹でつれだって行けばいいのに、と思ったのだが、「わたし、明日は……」と鹿乃は赤くなって口ごもった。

「慧《けい》とデートやろ」

良鷹はつまらなそうに言って、味噌《みそ》汁の豆腐を口に放りこむ。この『つまらなそう』は、不機嫌になっているときだ。

「帰りにおみやげ買《こ》うてくるわ。カスタードプリン」

良鷹の好物である。良鷹は「ふん」と言っただけだったが、それで機嫌は多少よくなったようだった。

「幸ちゃんは、なにがいい？　ショートケーキやろか」

前にケーキをもらったときに、幸が苺《いちご》のショートケーキを選んだのを覚えているのだろう。幸は「うん」とうなずいた。「ありがとう」と言うと、鹿乃はにこっと笑う。鹿乃が笑うと、ぱっと光がはじけるようで、まぶしくて、あたたかい。やや色素の薄い栗色の瞳が、きらきらしている。やわらかな雰囲気の鹿乃は良鷹とは対照的なようでいて、並ぶとたしかに兄妹だと思う。つややかな栗色の髪に白い肌、どこかひととは違うものを映しているような不思議な瞳。幸はこの浮世離れした美しい兄妹がとても好きだ。ふたりとも幸を気味悪がらず、当たり前のように受け入れてくれる。

ただ、幸は心の奥に箱を持っている。それは鹿乃にも良鷹にも話すことはない、ささやかな秘密を集めた小箱だ。糺の森で見つけた花の名前だとか、美しい鳥の羽の色だとか、父との思い出だとか。ひっそりと胸の奥にしまいこんで、それらは宝石になる。

あの老人が語った亡き婚約者の話も、ひそやかに幸の胸のなかだけにしまいこむのが、ふさわしいように思えた。

寺町二条《にじょう》をあがったところにある京町屋の骨董店、『如月堂《きさらぎどう》』。それが弥生の店だ。ふだんからそうにぎやかな通りではないが、朝となるとうんと静かだ。良鷹はひと気のない歩道を歩いていた。アスファルトの地面に落ちる陽光は、初夏と呼ぶにはまだ早い、朧《おぼろ》なやわらかさがある。店はまだ開店前だったが、良鷹はかまわず古いガラス戸を開けた。

古びた木のにおいがする。店にある古簞笥《だんす》のにおいだ。明治《めいじ》時代の水屋《みずや》簞笥や、帳場《ちょうば》簞笥。年月を経《へ》て黒ずんだ桐《きり》や杉の木目は美しい。棚に並ぶ比較的安価な色絵の皿も、弥生らしく趣味がよかった。

「あれ、良鷹さん。ずいぶん早いんですね」

店の奥から出てきたのは、真帆《まほ》だった。弥生のひとり娘だ。鹿乃よりひとつ上の大学二回生である。前は肩まであった黒髪をショートにして、眼鏡もコンタクトに変えている。童顔で中学生じみていたのが、このところようやく大学生らしくなってきたと思う。

「今日は幸ちゃんはつれてこなかったんですか？」

「友だちと遊ぶんやと」

「ははあ。それで締まらない顔してるんですね」

「締まらん顔て」良鷹は顔を撫《な》でた。

「幸ちゃんと一緒のときはぴしっとして、一人前の大人みたいな顔してるじゃないですか」

「ひとを一人前の大人やないみたいに言うな」

「日がな一日ソファでごろごろしてたひとが、えらそうに」

相変わらず、よく口のまわる娘である。

「保護者の顔じゃなくなると、とたんにだらしなくなるんですね」

奥のテーブルで良鷹にお茶を出しながら真帆は言う。

「そんなことないやろ……今日だってスーツ着てるし」

そう言いながら、良鷹はネクタイをゆるめる。テーブルに肘《ひじ》をのせてもたれかかると、そういうとこですよ、と真帆に言われた。言い返すのも面倒で良鷹は姿勢を戻すと、「弥生さんは？」と尋ねた。わざわざ三つ揃《ぞろ》えのスーツを着てきたのは、仕事だからだ。

「今――」

来ますよ、と真帆が言うのにかぶせて、「やあ、おはよう」と奥から弥生が現れた。子持《こ》ち縞《じま》の粋《いき》な着流し姿である。このひとは昔からちっとも変わらない、と思う。線の細い文学青年のようで、澄《す》んだ瞳は少年のままだった。真帆の童顔はどう考えても父親譲りだ。

「なんだ、幸ちゃんは来てないんだ。幸ちゃんが好きそうな香合《こうごう》、集めておいたのにな」

良鷹ひとりなのを見て、あからさまにがっかりした顔をする。おっとりしているわりに、己《おのれ》の感情に正直なひとである。

「今度つれてきます。――それで、頼みたいこと、てなんですか」

仕事で頼みたいことがある、というのでやってきたのだ。

「そうそう、これなんだけどね」

弥生は手にしていた小さな平たい桐箱をテーブルに置く。蓋《ふた》を開けると、なかにあったのは笄《こうがい》だった。刀装具のひとつだ。赤銅《しゃくどう》の地に金で梅を象嵌《ぞうがん》した見事な笄だが、どうも柄の配置が奇妙だった。妙に左の空間があいている。

「僕のお客さんに、井波《いなみ》さんてひとがいるんだけど、彼の叔父《おじ》さんがすこし前に亡くなってね。その叔父さんが持っていたものなんだ。とくに骨董を蒐集《しゅうしゅう》していたひとではなかったらしいんだけど、これだけは大事にしていたそうだよ」

「柄が変ですね。あとから削ったわけでもなさそうやけど」

「うん、それが本題でね」弥生は笄の柄のない左のほうを指さす。「ここにはもともと、鶯があったそうなんだ」

梅に鶯。定番の図案だ。

「井波さんは以前たしかにそれを見たと言うんだ。不思議だよね」

「……はあ」

「鶯はどこに行ってしまったんだろうね」

いやな予感がしてきた。弥生は、彼特有の柔和で品のいい笑みを浮かべている。このおっとりとした笑顔に何度押し切られてきたか知れない。

「こういうのは、弥生さんの得意分野やないですか。俺は知りませんよ」

「僕、今ちょっと忙しくてね。頼まれてくれないかな。鶯さがし」

「鶯さがし、て……」

骨董には、ときどきこういうものがある。不可思議なもの、いわくつきのもの、なにかが取り憑《つ》いている、などというもの――いつもなら、良鷹のほうが弥生のもとに持ちこむ案件である。

弥生は着物の懐《ふところ》から袱紗《ふくさ》の包みをとりだした。

「これ、幸ちゃんが好きなんじゃないかと思うんだけどね」

包みを開くと、蛤《はまぐり》の香合だった。香合は茶道具のひとつである。蛤を開けてみると、内側には十二単《ひとえ》姿の姫君と猫が彩りも美しく描かれている。もう一方の内側には公達《きんだち》が。

「あげるよ」

弥生はにこにこと笑っている。良鷹は複雑な思いで香合を眺めた。良鷹も鹿乃も、まだ幸への接しかたを模索している。幼いころの鹿乃は泣き虫で甘えん坊で、自分から働きかけてくる子供だったから、なにをしてやればいいかわかりやすかった。すがりついてくる手をとってやればよかったのだ。だが、幸はそうした子供ではない。さびしくなったら、ただじっとその場にうずくまって膝《ひざ》を抱えるような子だ。だから良鷹も鹿乃も、幸の様子を注意深くうかがい、なにがうれしくてなにがつまらないか、好きなもの、嫌いなもの、そんなものを推し量っている。さぐるような接しかたがいいのか悪いのか、わからない。幸の機嫌をとるようにこんな物を与えるのがいいのか、どうかも。

考えこむ良鷹に、弥生は「そう深く考えなくても大丈夫だよ」と見透かしたように言った。「僕からの贈り物だって言ってあげれば」

「はあ……」良鷹はふたたび香合を眺めて、頭をさげた。「ありがとうございます。ほな、いただきます」

「じゃあ、鶯の件は引き受けてくれるんだね。よかった」

あっ、と思った。

「いや、そういう話では――」

「詳しいことは井波さんに訊いてくれるかな。井波さん家《ち》は右京《うきょう》区にあるんだけど、真帆が知ってるから案内してもらって」

「えっ、ちょっとお父さん」

「じゃあ、そういうことで」

弥生は桐箱の蓋を閉めると、満足そうにほほえんで良鷹のほうにさしだした。良鷹は深いため息をつきたくなるのをこらえた。――やっぱり、こういうことになったか。

幸が瑠璃《るり》色のワンピースを着て、鹿乃に髪を三つ編みに結ってもらったころ、新《あらた》と澪が迎えに来た。ワンピースも青いリボンのついたヘアゴムも、見立てたのは良鷹である。

「こんにちは」

玄関先で新が鹿乃に野球帽をとってあいさつをする。新と澪は双子の兄妹で、幸とは小学校の同級生だ。ふたりとも背格好はおなじくらいだが、新のほうがいかにもお兄ちゃんという雰囲気をまとっている。顔立ちがきりっとしているからかもしれない。澪はいつも新のうしろに隠れ気味で、お人形さんのような子だ。ふんわりとした長い髪を丁寧に梳《す》かして、いつもかわいらしい髪飾りをつけている。

「こんにちは」鹿乃が笑いかけると、新はちょっと顔を赤くした。姉のいない新は、鹿乃ぐらいの年ごろの女性に慣れないらしい。今日の鹿乃は若草色の着物を着ていた。帯には小鳥の刺繍《ししゅう》が入っていて、帯留《おびど》めは青い実のようなエメラルドだ。幸は今の紀の森みたいだ、と思った。

「いつ来てもでかいなあ、おまえん家」

　玄関の扉を閉めたとたん、新は鹿乃に見せていたよそいきの顔をやめて、帽子をかぶった。

　幸の暮らす野々宮家は元華族《かぞく》だったそうで、赤煉瓦の洋館は古くて大きい。日本家屋の離れと、蔵《くら》もあった。

「うちで遊ぶより、幸ちゃん家で遊びたいなあ」

　玄関ではひとことも口をきかなかった澪が、うっとりした目で洋館を見あげる。「きっとお姫さまみたいなベッドがあるんやろ?」

「べつに、ふつうのベッドやけど……」

「騎士の甲冑《かっちゅう》があったり」

「あらへん」

応接間でお茶を囲むことはあるが、幸はまだふたりを部屋に招いて遊んだことはない。いつでも好きに友だちを呼べばいいと言われているが、気が引ける。

「前はお化け屋敷や言うて怖がってたくせに」

「幸ちゃん、今日のワンピースもかわいい」

澪は新の言葉を無視してそう褒《ほ》める。「良鷹さんが選んでくれはったん?」

「うん。リボンも」

「ええなあ」夢見るような顔でため息をつく澪だが、彼女も白いレースがひらひらした、かわいい服を着ている。澪はいつもそんな服だ。お姫さまの暮らしにあこがれているらしい。

広い庭を抜けて門を出ると、新と澪の家に向かう。ふたりの家はここよりもすこし西だ。

「幸ちゃん、わたしなあ、お祖母ちゃんにきれいなブローチもろたんよ。見せてあげる」

「そんなもん見てなにが楽しいんや。腹がふくれるわけでもないのに」

毒づく新に、澪はむっとした顔を向ける。

「つまらんのやったら、新は男子たちのとこに遊びに行けばええやん。わたしと幸ちゃんで遊んでるから」

「えらそうに言うな、泣きべそ澪のくせに」

夢見がちで引っ込み思案の澪を、昔から新がかばって世話を焼くという役回りだったらしく、このふたりは大抵いつも一緒にいる。が、最近の澪は幸にくっついているので、新は面白くないようだった。

ふたりの家は川沿いに近い。洋風の大きな門が見えてきた。澪は野々宮家の洋館をうらやましがるが、自身の暮らす家も結構な豪邸である。ふたりが生まれたあとに建て直したという邸宅はまだ新築同様で、外から見てもぴかぴかだし、なかに入ってもやはりきれいだ。玄関に入るとふたりの母親が「いらっしゃい」と出迎えて、家政婦もいるのにわざわざ自らジュースとお菓子を用意してくれた。

「これ、古いブローチなんやって。でもきれいやろ」

子供部屋で、澪は祖母が買ってくれたというブローチを見せてくれる。色ガラスで花をかたどった、かわいらしいブローチだった。骨董店で買ったものだそうだ。

「きっと昔のお嬢さまがつけてたブローチなんやで。お祖母ちゃん、ときどきこういうのをくれはるんよ。お母さんにも帯留めをあげてはったけど、あっちはきらきらしてへんかったからあかんわ」

きらきらしてる、が澪の価値基準らしい。

「きらきらしてるのがええとか、カラスか」

新はどうでもよさそうにクッキーを食べ、オレンジジュースを飲んでいる。

「新に見せてるんと違うもん、黙っといて」

つんとそっぽを向く澪に新はストローの袋を丸めて投げつけた。澪は投げつけられたそれを新に投げ返す。幸はケンカをはじめたふたりにはかまわず、ドアのほうを見ていた。

ドアは開いている。廊下と光のさす窓が見えていた。

「……お姉さんて、いはったん？」

「え？」

新と澪がふり向く。「お姉さん？」

「お姉さん。鹿乃お姉ちゃんくらいの。薄紫の振袖《ふりそで》着てはる」

新と澪は、ふたりして首をかしげた。そんな仕草はそっくりだ。

「なんの話や。前も言うたやろ、お姉ちゃんもお兄ちゃんもいいひんて」

幸は立ちあがり、廊下に出た。突き当たりの部屋の前に、一瞬、薄紫の振袖姿の少女が見えて、消えた。そちらに進もうとした幸の腕を、澪がつかんだ。

「ゆ……幸ちゃん、どうしたん？　お姉さんてなに？　急になに言うてるん」

幸が前方を指さすと、澪はびくりと震えた。「な……なに？」

「突き当たりの部屋って、誰の部屋？」

「お母さんとお父さんやけど……なあ、なに？　振袖のお姉さんてなに？」

「さっき、この部屋のぞいてはった」

澪は悲鳴をあげた。

「おい、澪」新がとがめたが、悲鳴を聞きつけてふたりの母親があわてて飛んできた。

「ちょっと、なんやの、どうかしたん？」

「なんでも――」ない、と新が言うのと、「幽霊が」と澪が叫ぶように言うのが同時だった。

「幽霊が出たって、ここのぞいてたって、幸ちゃんが」

澪は泣きだした。彼女がひどく怖がりなのを、幸は忘れていた。新は舌打ちをして、ふたりの母親は青ざめる。泣きじゃくる澪を母親は抱きよせて、気味の悪いものを見るように幸を見た。なにかを見間違えたみたい、とでも言ったほうがいい――と思ったが、舌が乾いて動かなかった。へまをしてしまった。

「帰ります。お邪魔しました」

それだけ言って頭をさげると、幸は逃げるように階段をおりていった。わき目もふらず玄関に向かって、靴を履《は》くと、外に飛びだした。

幽霊と人間は、幸には一見、区別がつかない。だから間違える。最初からそれとわかっていれば、無視もできるのに。

新と澪の母親は、もう幸を家に迎え入れてはくれないかもしれない。これまでもそうしたことがあった。

とぼとぼと野々宮家への道を歩いていた幸は、気が変わって、糺の森に足を向けた。友だちができないことには慣れている。森でまためずらしいものでもさがそうと思った。心の奥の宝箱に、しまっておけるようなものを。

「なんや、お嬢ちゃん。また会《お》うたな」

横道から糺の森に入ると、昨日会った老人に遭遇した。落し文をさがしている老人だ。自然と駆け足になっていたので、ぶつかりそうになってしまった。すこしあとずさり、頭をさげた。「ごめんなさい」

「急いでたんやな。うさぎでも追いかけてたんか?」

「うさぎ?」幸はきょとんとする。「うさぎさん、いはるん？　この森に」

老人は笑う。「違う、違う。知らへんか、『不思議の国のアリス』や」

うさぎを追いかけて、不思議な世界に迷いこむアリス。幸はふと思った。

「わたしがアリスやったら――」

アリスが迷いこんだ不思議の国は、すべてアリスの見ていた夢だった。

「これは、夢なんやろか」

幸を受け入れてくれた野々宮家の美しい兄妹も、すべて夢だろうか。

老人がまた笑った。

「自分のほっぺた、つねってみ」

幸は言われたとおり、片頰《かたほお》をつねった。

「痛い」

「それやったら、夢やないで」

「……うん」

老人はほほえんで幸を見つめている。幸は気づいた。老人は、昨日とおなじ服を着ている。走ってきたから、幸は汗をかいている。そうでなくとも、今日は汗ばむくらいの陽気だ。にもかかわらず、老人はやはりジャケットの下にセーターを着こんでいた。

幸は、急に汗が冷えていった。

「お嬢ちゃんの名前、まだ聞いてなかったな。なんていうんや?」

「……幸」

「ゆきちゃんか。僕は井波時介《ときすけ》ていうんや」

やわらかな陽光がふりそそぐなかで、老人はほほえみを浮かべていた。ほほえみはときおり光に溶けて、輪郭《りんかく》はあいまいになる。生きているひとではないのだ、と悟った。幸はあとずさると、くるりと背を向けて駆けだした。


「時介叔父さんの件ですよね」

井波衛二《えいじ》は良鷹と真帆にお茶をすすめながら、そう言った。

「叔父が亡くなったのは冬のことなんですが、生涯独身で僕のほかに身よりもなかったので、葬儀《そうぎ》からなにから一切を僕が手配しました。仕事は引退してましたが、会葬者が思いのほか多くて香典返しにも手間取るくらいで、最近になってようやく遺品の整理をはじめることができたんですよ」

会社を経営しているという衛二は経営者によくある圧迫感はなく、むしろ押しの弱そうな、よく言えばやさしい雰囲気の男性だった。六十代という歳のわりに、青年のような青くささを残しているところがある。なんとなく二代目社長あたりだろうかと良鷹は思ってさりげなく問えば、やはりそうだった。

「叔父は昔から僕をかわいがってくれて、僕も叔父が好きでした。うちは父がワンマン経営者で、家でも独裁者でしたからね。父の弟とは思えないほど穏やかで、教養のある紳士的なひとでした。とりたててハンサムというわけではなかったんですが、そういうひとですから、年齢問わず女性には人気でしたね」

衛二は書斎の隅《すみ》にある花台《かだい》に置かれていた写真立てを持ってくる。花台も、良鷹たちが腰をおろしている長椅子《いす》やテーブルも、すべてアンティークだった。エドワーディアンでそろえてある。花瓶《かびん》は古伊万里《こいまり》の赤絵で、弥生の顧客らしく趣味がいい。

「これが叔父です」

写真立てのなかでは、温厚そうな老人がほほえんでいた。落栗《おちぐり》色のジャケットに、それよりすこし淡い色のベストを合わせている。ネクタイではなく柄《がら》物のスカーフをしていた。洒落《しゃれ》たひとだ。

「亡くなったのは、ご病気で?」

良鷹が尋ねると、衛二はうなずいた。「肺炎です。もう歳でしたから」

「この笄《こうがい》の異変に気づいたのは、遺品整理のときですか」

良鷹はスーツの内ポケットから桐箱をとりだす。蓋を開いてなかの笄を見せた。

「そうです。変でしょう。削ったならあとが残るでしょうし、そもそも時介叔父さんがそんなことをするとは思えへん」

「なぜですか?」

「時介叔父さんに骨董趣味はなかった。でも、これは若いころたまたま入った骨董店で見つけたとかで、ずっと大事にしてはったものです。買わはったのも、大事にしてはったのも、鶯の細工やったからです」

衛二は笄の、ぽっかりと細工の抜け落ちた部分を指さした。

「梅に鶯のありきたりの意匠でしたけど、腕のええ金工師《きんこうし》の仕事やったんでしょう。笄しか残ってへんのが惜しいくらいで。梅だけ見ても見事ですけど、鶯はなんていうかこう、嘴《くちばし》といい首の角度といい、今にも鳴きだしそうな雰囲気のあるものやったんですよ。この細工のなかで生きてるみたいな」

衛二がこの笄を見せてもらったのは、高校生のときだという。細工があまりに見事で、それに魅せられて骨董蒐集をはじめたそうだ。

「その鶯を気に入って叔父もこれを買《こ》うたんです。叔父は鶯に思い入れがあったんですよ。『鶯の落し文』て、わかりますか」

「ああ……ええ」

そう耳にする言葉ではないのに、昨日、幸から聞き、また今日も聞こうとは。不思議なこともあるものだ、と良鷹は思った。

「叔父には若いころ婚約者がいたそうなんですけど、その子が森で拾ったんですって、その『鶯の落し文』を。彼女はこの言葉を知らなくて、ほんとうに鶯が落としたもんやと思たそうです。鶯の求愛行動かなんかやと思たみたいですね。『すてきやなあ』て言うて……それからしばらく、ふたりで落し文のやりとりをしてたそうです」

でも、と衛二は視線を落とす。

「結婚前に亡くならはったそうで。流感にかかって、ほんまにあっけないくらい突然亡くなってしもた、て時介叔父さんは言うてはった。健康でなんの疾患《しっかん》もなかった若い娘が、ろうそくの火を消すみたいに簡単に死んでしまうもんなんやと、呆然《ぼうぜん》とするしかなかったと」

元気だった彼女に最後に会ったとき、時介は正式に自分の口から求婚したそうだ。親が決めた婚約だったので、一度ちゃんと言っておきたかったと。返事はまだもらっていなかった。

「もちろん、婚約していたし、文も交わしていて、想い合った仲であったのは間違いなかったでしょう。でも、やっぱり返事を彼女から直接欲しかった、と叔父は言うてました。

彼女は文で返事をする、と言うてたそうです。その文をくれる前に亡くなってしもて……」

　衛二は写真立てに目を向けた。

「叔父が独身を貫いたのは、その亡くなった婚約者がいたからです。叔父は亡くなる前、しきりに彼女と、彼女からの文のことを口にしていました。彼女——幾子《いくこ》さんていわはったんですけど、幾子さんの文が、とか、文を、とか……僕は、叔父の魂《たましい》がいまでも幾子さんの文を求めてさまよってるんやないかて気がしてならへんのです。鶯になって——」

　良鷹は笄を眺めた。消えてしまった鶯。時介の魂は鶯と一体となって、文をさがし求めているとでもいうのだろうか。

「変なことを言うと思われるでしょうけど、そうとしか思えなくて……僕も長年、骨董を集めてますから、そんなことがまったくないとは思われへんのです」

「わかります」良鷹は軽くうなずいた。

「どうしたらええと思わはります？　お寺にでもおさめて、供養してもらうのがええんやろか。でも、それが時介叔父さんにとってええことなんかどうか、わからへんのです」

「そうですね……」良鷹は内心、弥生を恨んだ。良鷹は拝み屋ではないし、訊かれたところでわからない。ため息をこらえて、無表情に窓の外を見た。薄青の霞《かす》んだ空が広がっている。

「ひとまず、鷲をさがしてみましょうか」

「鷲さがしって、虫取り網でつかまえたりするつもりですか?」

井波家を出たあと、助手席の真帆が訊いてくる。ハンドルを握りながら、良鷹はようやくため息をついた。

「知らんわ。でも、さがさんことには、はじまらへんやろ」

「それで、いまから糺の森に?」

衛二によると、時介と幾子が落し文のやりとりをしていたのは糺の森だという。ふたりは下鴨の住人だったわけである。

「いや、いったん帰るわ。もう昼やし、幸が帰ってくるころやから」

「いいお父さんしてますね」

良鷹は横目に真帆をじろりとにらんだ。

「わたしのことは御池通《おいけどおり》辺りでおろしてくれたらいいですよ。早く帰ってあげてください」

「昼食くらい食べさせたる。たいしたもんは作れへんけど」

「それはどうも……」真帆は意外そうに目をしばたたいている。

「幸も俺とふたりより、ひとが多いほうが楽しいやろ」

「なんですか、妙に自信ないこと言うんですね」幸への接しかたに迷いがあることを見抜かれたようで、良鷹はぎくりとする。

「幸ちゃんは良鷹さんとふたりでも、じゅうぶん楽しいと思いますけど」

「なんでわかるんや」

「なんでって……懐いてますから、良鷹さんに」なに当たり前のことを訊くんだ、というような顔をしている。「良鷹さんも鹿乃ちゃんも、自分を受け入れてくれるひとだってわかっているからでしょう。信頼されてるって自覚しないと、かえって傷つけますよ」

良鷹はちょっと黙り、真帆の言葉を反芻《はんすう》した。

「……気ィつけるわ。おおきに」

「どうも。鹿乃ちゃんや幸ちゃんのことだとほんと素直に聞きますよね、良鷹さんは」

「君はいつもひとこと多いわ」

「ひとことですませてるんだから、ありがたいと思ってください」

昔から口の達者な少女だったが、そろそろ敵《かな》わなくなりそうだ。良鷹は口を閉じて、黙々と車を走らせた。

下鴨の家に着いて車を車庫に入れ、庭のほうに回ると、真帆が驚いたように声をあげた。

「幸ちゃん！」

庭の薔薇《ばら》の前で、幸が膝を抱えてしゃがみこんでいる。良鷹はあわてて幸のもとに駆けよった。聞いていた帰宅予定の時刻よりも早い。

「なんや、もう帰ってたんか。鍵は持ってるやろ？　なんでなかに入ってないんや」

「……ぜんぶ夢やったらどうしよ、と思て」

幸は小さな声でそう言った。こわばった表情をしていたが、良鷹を見るとほっとゆるんだ。

「夢？」訊き直したが、幸は答えなかった。ともかくなかに入ろうと、良鷹は手をさしだした。

「待たせて悪かったな。お腹空《なかす》いてるやろ」

手をとると、幸はのろのろと腰をあげる。そのまま手をつないで玄関に向かった。

「オムライスか炒飯《チャーハン》やったら、どっちがええ？」

「……オムライス」

「わかった」

新や澪とケンカでもしたのだろうか。問い質《ただ》すべきなのかどうか迷って、結局なにも言えなかった。

台所に向かうと幸も「手伝う」と言ってついてくるので、卵を割らせることにした。幸は真剣な表情で卵を調理台に打ちつけ、殻《から》を割ろうと試みるが、ぐしゃりとつぶれてしまう。幸はこのうえなく悲愴《ひそう》な顔をした。良鷹は黙ってキッチンペーパーで幸の手をぬぐう。殻の入ってしまったボウルを脇にのけて別のボウルを前に置くと、新しい卵を幸に握らせた。「殻は思ったより硬いやろ。もっと強く打ちつけたほうがええ。台は汚れてもかまへんから」幸は卵と良鷹の顔とを見比べる。おそるおそる、しかし思い切ったように強く卵を打ちつけた。白身がすこしこぼれて台を汚したが、殻はきれいにふたつに割れて、盛りあがった黄身がボウルのなかに落ちた。幸の目が輝く。

良鷹は殻の混じったほうのボウルを、スツールに腰かけ頬杖をついていた真帆の前に置いた。殻をとれ、という意味である。一番面倒な始末を押しつけられて真帆は抗議の視線を向けたが、口に出しはしなかった。おとなしくボウルを受けとり、スプーンで殻をとりだしにかかる。幸はうれしそうに頬を紅潮させて、卵をどんどん割っていった。

フライパンに卵液《らんえき》を流しこみ、その上にケチャップライスとチーズをのせてくるんでゆくと、幸は魔法でも見るかのように見惚《みと》れていた。

「午後はどこか出かけるか」

とろとろのチーズが入ったオムライスを頬張る幸に、良鷹は提案する。幸はきょとんとしていた。

「行きたいところ、あるか?」

幸はようやく意味を理解したようにまばたきをして、せわしなくあちこちを眺めた。一生懸命、場所を考えているらしい。

「植物園とか、いいんじゃないですか。近いですし」

真帆が助け船を出す。府立植物園のことを言っている。

「植物園は津守の家の近所やし、もうつれてってもろたことあるやろ」

良鷹は言ったが、幸は静かに首をふった。しまった、と思った。津守亘は病身で臥《ふ》せっていたのだ。どこかへ遊びにつれてゆけるわけがない。

「花は好きか?」

幸はちょっと考えるように間を置いてから、

「花より、石が見たい」

と答えた。

「石?」

「川のなかにある大きな石。みんな渡ってる」

「ああ――鴨川《かもがわ》の飛び石のことか?　亀《かめ》の形とかの」

幸はこっくりとうなずいた。近くで見たことがまだないらしい。良鷹は鹿乃が小さいころ、よく散歩がてらつれていってやったものだが。

「そんなんでええんか。いつでも行けるけど」

幸はまたひとつうなずいた。「わかった」と良鷹も答えた。鶯さがしは明日からにしよう、と思う。

食事を終えてから、良鷹はそういえば、と椅子にかけた上着のポケットから袱紗の包みをとりだした。弥生からもらった香合である。それを幸にさしだす。

「これ、弥生さんからや」

幸は不思議そうな顔で蛤を開く。「わあ」と控えめな歓声をあげた。

「きれい。もろてええの？　ほんまに？」

喜んでいる。幸は弥生の代理と思ってか、真帆に「ありがとうございます」と礼を言う。

「骨董が好きか？」

幸はすこし首をかしげる。

「骨董はようわからへん。こういうのは好き」

「そうか」良鷹は上着の内ポケットから桐箱をとりだした。蓋を開けて笄を見せる。「こういうのはどうや？」

「これ、なに？　かんざし？」

「これは笄ていうんや。刀の鞘《さや》についてる物で、髪を撫でつけたりする道具や」

「ふうん……？」そもそも刀も見たことのない幸には、いまいちよくわからない物のようだった。ただ、じっと笄を見つめている。

「なんで、ここが抜けてるん？」

鶯の欠けた部分を指さす。

「ここには鶯がおったんや。それが、飛んでいってしもた」

「飛んで……？」

幸は目を丸くする。

「俺は、その鶯をさがさなあかん」

「良鷹さんが、さがすん？」幸はますます目をぱちくりさせた。

「まあ、見つかるかどうか知らんけど」

「鶯は、なんで飛んでいってしもたん？」

「さあな。死んだ婚約者の手紙をさがしてるんかもしれん」

「――死んだ婚約者？」

良鷹は口を閉じる。父を亡くしたばかりの少女にする話題ではなかったか。幸が骨董に興味を持っているようだったので、つい、ぺらぺらとしゃべりすぎてしまった。

「これって、誰が持ってた物なん?」

「いや……」持ち主も死んでいる、などとは言いにくかった。幸はなおもなにか問いかけようとしたが、ちょうどそのとき玄関の呼び鈴が鳴って、これさいわいと良鷹は腰をあげる。ふだんは自分から来客の応対に出たりしないので、真帆が余計なひとことを言いたそうな顔をしていた。それをじろりとにらんで牽制《けんせい》してから、玄関に向かう。

玄関にいたのは、双子の兄妹だった。新と澪だ。

ふたりは良鷹が出てくるとは想定していなかったのか、びっくりしたように見あげている。新は利発そうな目の、男の子のわりにませた感じのする少年で、逆に澪のほうは歳よりも幼い雰囲気の、いつもふわふわとした服を着ている少女だった。

「あの……」怖気《おじけ》づいたように新は口ごもったが、それを恥じたように背筋を伸ばした。

「あの、幸ちゃんはいますか」

「なんか用か?」無愛想に訊き返すと、新はぐっと言葉につまる。すると、いつもうしろに隠れている澪がめずらしく前に進みでた。

「あ……あの、わたし、さっき、びっくりして大きな声、出してしもて……それで、幸ちゃん、帰らせてしもて……だから、あの、謝りたくて……」

澪は顔を真っ赤にして、新の服の袖《そで》をつかむ手はぶるぶる震えている。引っ込み思案の彼女にとって、よく知らない大人の男相手にしゃべるのは容易なことではないだろう。澪の話は要領を得なかったが、良鷹は軽くうなずいて、なかに向かって声をかけた。「幸！」

食堂から幸が出てくる。新と澪に気づいて、驚いたように駆けよってきた。

「どうしたん？」

澪がほっとしたように力を抜く。

「幸ちゃん、さっきはごめんな。わたしが大きな声出してしもたから、お母さん、飛んできてしもて……追いだすみたいになって」

「お母さん、澪より怖がりやねん」新がつけ加えた。「でもお母さん、お茶の先生のとこに出かけてったから、大丈夫や」

「そやから、もっかい、遊びに来てくれへん？」

「ええの？」

「幸ちゃんが来てくれたら、うれしい」

澪の言葉に、幸が良鷹を見あげる。

「行ってこい。飛び石はいつでも行けるし、逃げへんから」

「うん」幸はうなずくと、ワンピースと揃いで買った青い小さな靴に足を入れる。

「行ってきます」

帰ってきたときには薔薇の前で力なくしゃがみこんでいたのが嘘のように、元気よく走り出ていった。

自分には幽霊しか寄ってこないのではないか。鹿乃も良鷹も幸の空想で、ほんとうは存在しないのではないか——などと思えてきて怖くなって、幸はあのとき、しゃがみこんでいたのだった。糺の森で親しくなったあの老人すら、生きているひとではなかった。

だが、良鷹はちゃんと帰ってきて幸の手を握ってくれたし、新と澪は迎えに来てくれた。ほっとした。母親が出かけたから迎えに来た、つまり彼らの母親は幸を家に招き入れることをいやがっているのだとしても。

新は玄関のドアを開けて幸を招き入れる。家政婦のおばさんが「ぼっちゃんら、お出かけやったんですか」と声をかけるのに新がてきとうに答えて、三人は階段を駆けあがった。子供部屋に入って、新は内緒話をするように澪と幸に顔を寄せる。

「あのな、幸が見た幽霊、さがすで」

えっ、と澪と幸は声をあげる。

「さがしてどないすんの、いやや」澪はすでに半泣きになっている。

「ほな、おまえは幽霊がずっとこの家におったままでええんか?」

新がそう言うと、澪は青ざめた。「いやや！」

「ええか、幸は今まで何回かうちに来てるけど、幽霊を見たのははじめてやろ？」

「うん」幸はうなずく。

「そしたら、うちにずっとおった幽霊とは違うていうことや。ほんで、突き当たりの部屋のほうで消えたんやな？」

「うん」

「ほな、その部屋になんかあるんかもしれへん。そこにある物に取り憑いてるとか。最近買った物とかに」

幸は目をぱちぱちさせた。澪はいつのまにか泣きべそを引っ込めている。「それがなにかわかったら、幽霊いいひんようになる？」

「かもしれへん。知らんけど」

新はドアを開ける。「あっちの部屋、行くで」

幸と澪もそれに続く。澪は幸の腕をつかんで、背中にくっついてついてきた。突き当たりの部屋のドアを新は開ける。両親の部屋だと言っていたが、広々としたその部屋には、中央にベッドがあって、端《はし》に作りつけのウォークイン・クローゼットが、その手前に鏡台があった。鏡台の隣に、背の低いガラスのキャビネットがある。「あの棚、アンティークやから俺は触るなって言われてる。壊したらあかんからって」

　幸はそのキャビネットに近づいた。なかにはネックレスやジュエリーが飾ってある。どれも新しい物ではなく、古い物に思えた。きっとこれらもアンティークなのだろう。

「お祖母ちゃんが骨董品をときどきくれるて言うたやろ？　お母さんも好きやねん、ああいうの」

　澪に色ガラスのきらきらしたブローチを、母親に帯留めをくれたと言っていたか。あれはきらきらしてへんから、あかん——と。

　幸はじっと前方を見つめる。キャビネットの前に、少女がいる。薄紫の振袖を着た少女。髪は結ばず垂らしている。目もとはやわらかく、小さいがぽってりとした唇《くちびる》が愛らしい。瞳は幸を見ているわけではなく、どこか遠くを眺めていた。振袖には、花菖蒲《はなしょうぶ》と水鳥が描かれている。彼女のまわりに、どこか初夏の明るい陽光が射しているような清々しい空気がただよう。それは覚えのある空気だった。地面に落ちる木洩れ日。葉擦れの音。水のにおい。——森の空気だ。

　彼女は、ふいにゆっくりと手を持ちあげた。ひとさし指をキャビネットに向ける。指はそこに並ぶ装飾品をさしていた。幸は彼女に歩みよる。彼女ははじめて、幸に視線を向けた。瞳はとても静かで、凪《な》いでいた。恨みを訴えるでもなく、かなしみを湛《たた》えるでもない。

幸は彼女の指のさきを見て、ふたたび彼女を見あげる。彼女は小さくうなずくと、ゆっくりと薄らいで、消えていった。

「幸ちゃん?」

澪が声をかける。「幽霊……どこかにいる?」

幸は澪をふり返った。澪の問いには答えず、さきほどの彼女とおなじように、ひとさし指でキャビネットを示した。

「これ、借りることってできる?」

幸が指さしたのは、ひとつの帯留めだった。

「借りる、って……どうするん?」

「見せたいひとがいるん。そうしたら、たぶん、幽霊はもう出えへんと思う」

「ほんま?」澪の顔が明るくなる。キャビネットに駆けより、扉を開けた。「この帯留めでええの?　これ、お祖母ちゃんが買《こ》うてきてくれた帯留めやわ」

彫金《ちょうきん》の帯留めだった。葉をくるりと巻いた意匠の、細長い帯留めだ。小さな真珠が端にひとつついているのは、葉の露《つゆ》を表したものだろう。

「変な形とちゃう?　なんでこんなふうに葉っぱを巻いてあるんやろ」

「――『鷺の落し文』て言うんよ」

え？　と首をかしげる澪の手から、帯留めを受けとる。

これは、『鶯の落し文』だった。


幸は帯留めを持って、糺の森に走った。新と澪もついてくる。横道から森に入り、老人と——井波時介と会った木のもとへ急ぐ。木洩れ日が森のなかを照らし、ゆるやかな風に光の波ができる。その波の合間に、時介は立っていた。

「なんや、またうさぎでも追ってきたんか、お嬢ちゃん」

幸は肩で息をしながら、帯留めをぎゅっと握りしめた。そう、この森だ。あの少女が持っていた空気は。

「おじいさん、薄紫の振袖を着た女の子、知ってる？　花菖蒲と水鳥の柄の——」

時介は目をみはった。

「それは、幾子さん……僕の婚約者が気に入ってた振袖や」

幸は小さく息を吐いた。一歩前に進みでて、時介のほうに両手をさしだす。握っていた手のひらを開いた。

はっ、と時介が息をのむのがわかった。『鶯の落し文』の帯留めだ。これは、彼の婚約者の帯留めなのだ。

「それ――」

　時介が足を踏みだそうとしたとき、帯留めがゆらりと溶けるように形を崩した。それは幸の手のひらからこぼれて、下に落ちる。時介がかがみこむ。枯れ葉の上に落ちたのは、細く畳《たた》んで結んだ文だった。時介は文を拾いあげて、結び目をほどく。ゆっくりと、破らないよう、丁寧に広げる。時間をかけて時介は文を読んでいた。一度読んで、ふたたび最初に戻り、何度も。

　時介はやわらかな笑みを浮かべて、うなずいた。なにが書いてあったのかは、幸にはわからない。でも、きっといいことだ。時介がずっとここでさがしていた文で、幾子がずっと伝えたかったことが書かれた文。

　風が吹いて、葉擦れの音が森のなかを渡る。木洩れ日が揺れて、時介の姿もその光の波に溶けて、姿を変える。

　鳥の声がした。鶯の声だ。一羽の鶯が木々のあいだを飛んでいった。幸は時介が立っていた場所に近づく。地面に積もった枯れ葉の上に、『鶯の落し文』の帯留めが落ちていた。それを拾いあげて、幸は頭上を見あげた。揺れる葉のあいだに、鶯の姿はもう見えなかった。

「ただいま」

幸の声が聞こえて、良鷹は広間から出た。

「おかえり。早かったな」

新と澪に誘われて出ていってから、一時間もたっていない。真帆がさきほど帰っていったところだ。

幸は玄関に立ったまま、「良鷹さん、石、見に行きたい」と言った。

「今から?」

帰ってきたばかりだというのに。だが、幸は「うん」とこっくりとうなずく。なにか興奮することでもあったのか、妙に目が輝いている。

「なんかええことでもあったんか?」

幸はちょっと首をかしげて、思いついたように「あ」と声をあげた。

「あの……こうがい? の鶯、もとに戻ってる?」

「え?」

いきなりなんだ、と思ったが、良鷹は笄を入れた箱を持ってくる。蓋を開いて、驚いた。

鶯の姿がある。ぽっかりと空いていた箇所に、鶯の細工が入っていた。首を上向け、嘴をすこし開いて今にも鳴きだしそうな鶯だ。

「いったい、なんで――」

良鷹は幸を見る。幸は目をまたたいたが、なにも言わなかった。だが、なにか知っている顔だ。

「どういうことや？」

幸はちょっと目を動かしてから、

「……秘密」

と答えた。良鷹はぽかんとする。笄と幸を見比べて、頭をかく。

「そうか。秘密か。まあええわ」

良鷹は蓋を閉めると、「ほな、川に行くか」と言った。幸がうれしそうに笑った。

青時雨《あおしぐれ》の客人

彼女がやってきたのは、通り雨のあがった直後のことだった。

「ごめんください」

門の外から声がして、庭に出ていた春野《はるの》はすこし後悔した。——眼鏡をかけてくるのだった。ふだんはつけているコンタクトレンズを、今日はつけていない。休日で、誰とも会う予定がなかったからだ。門のほうを見ても、人影はぼんやりとしか判別できない。着物姿の女性であることはわかった。声からすると、二十歳《はたち》前くらいかと思われる。

春野はそちらに足を向けて、目を細めた。初夏らしい薄緑の着物を着ている。華やかな牡丹《ぼたん》の柄《がら》だ。着物姿の女性というところで、一瞬、見知った少女が脳裏に浮かんだが、すぐに打ち消した。

「どちらさまですか」

近づいて、春野は、おや、と思う。なぜだろう。近づいたのに、顔立ちが明瞭《めいりょう》にならない。ここまで視力は悪くなかったはずなのだが。

「石橋《いしばし》先生はお見えでしょうか」

春野の問いには答えず、相手はそう言った。石橋先生——祖父のことだろう。春野の祖父は大学で教授職についていた。

「祖父は亡くなりました」

そう告げると、相手は黙る。はあ、と深いため息が聞こえた。うつむいて、しかしすぐに顔をあげた。

「でも、わたくしの牡丹はここにございましょう?」

「——え?」

牡丹? と春野は訊《き》き返す。「牡丹なら——」ふり返り、庭を示す。花盛りの牡丹が咲き誇っていた。祖父が好んで育てていた花だ。

「石橋先生にお譲りした牡丹です。牡丹の香水瓶《びん》でございます」

女性はゆっくりと首をふって言った。ああ、そちらか、と思う。祖父は牡丹の花を育てるいっぽう、牡丹の細工物も集めていた。帯留《おびど》めや、根付《ねつけ》や、器《うつわ》や——多くが骨董《こっとう》だった。

——でも、香水瓶なんてあっただろうか。

「あれを返してほしいんです」

はあ、と春野は戸惑《とまど》い気味に答える。

「すみませんが、さがさないと、僕ではすぐにわかりません。あとでご連絡しますから、お名前を——」

ゆるやかな風が吹いた。雨上がりのさわやかな風だった。門のそばに植えた枇杷《びわ》の枝が揺れて、青葉に残った雨粒が落ちてくる。陽《ひ》の光にきらめいて、春野はまぶしさと濡れるのをよけるのに顔を背けた。女性が着物だったことを思い出し、濡れはしなかったかと顔を戻す。ところが。

「――え？」

門の外には、誰もいなかった。あわてて門を開けて、路地に出る。周囲を見回しても、ひとがいた気配はなかった。去ってゆく足音も聞こえない。――どういうことだろう。春野は首をかしげ、門のなかに戻る。それから気づいた。

顔はぼんやりとして見えなかったのに、着物だけははっきりと見えた。薄緑の地に、牡丹の柄だった――。

額《ひたい》を押さえて、門をふり返る。門も地面も濡れている。そういえば、あの婦人は通り雨だったというのに傘も持たず、濡れてもいなかったのだ。

春野はすこしのあいだ門のほうを見つめて、ひとつ息をつく。

「牡丹の香水瓶……あったやろか」

玄関のほうに戻りながらつぶやく。さして怖いとは思わない。祖父の知り合いらしいからだ。ただ、面倒なことになりそうだ、という予感がしていた。

結論から言えば、牡丹の香水瓶は見つからなかったし、予感は当たった。

「こっちにもあらへんなあ……」

春野は抽斗《ひきだし》を閉じた。祖父の集めた牡丹の品々は、おおよそ棚に飾られている。それ以外は抽斗にしまってあった。どちらにも香水瓶はない。

部屋を出て階下におりる。妙に静かだな、と思えば、また雨がふっていた。小糠雨《こぬかあめ》だ。やわらかな針のような雨が余計な音を吸いこんでいる。このまま梅雨入りするのかもしれなかった。薬缶《やかん》を火にかけ、紅茶を淹《い》れる準備をする。ぼんやりと湯が沸くのを待っていると、前にやはりこうして紅茶を淹れようとしていたときのことを思い出す。ひとりの少女のために湯を沸かしていた。帰りたくて、でも帰れずに困っていた少女だ。思い出してしまうのは、雨のせいもあるだろうか。庭の温室で、ふたり雨がやむのを待っていたこともあった。

気づくと、すでに湯は沸いていた。湯気が吹きだし、蓋《ふた》がかたかたと音を立てている。薬缶を火からおろしてティーポットに湯をそそぐと、湯気で眼鏡が曇《くも》った。眼鏡を外して白いシャツの裾《すそ》で拭く。――あの少女は、僕が眼鏡をかけることも知らない。普段、コンタクトをつけていることも知らない。視力が悪いことを話したことがないからだ。弱みをひとに知られることが苦手だった。

――だから、きっと、僕はだめなのだろう。

あの少女たちのように、すべてをさらけだしてぶつかってゆくことができない。弱さも醜《みにく》さもさらけだして、ただ彼女の前にこうべを垂れることができたら、違っていただろうか。春野は首をふる。できなかったことを考えてもしかたない。春野には、できなかったのだ。

ティーポットから紅茶をカップにそそぐ。湯気が流れて、何気なくそちらに目をやった。ぎくりとする。目の端《はし》に薄緑の着物が映っている。牡丹の柄の着物だ。足袋《たび》を履《は》いた足もとが見えた。思わずふり向く。その拍子に手が揺れて、紅茶がこぼれた。熱い湯が左手にかかる。わきあがってきた悲鳴を喉《のど》の奥に押し込んだ。

流水に手を突っ込む。ふう、と息を吐いて、横を向く。着物姿はもうどこにも見えなかった。

その夜、夢を見た。火傷《やけど》をした手がじくじくと痛む。その痛みにうなされながら、まどろみと目覚めを繰り返した。夢のなかで、春野はどこかのお屋敷の令嬢だった。十代も後半くらいと思しき少女だ。鏡に映る姿は薄緑の振袖《ふりそで》で、紫の牡丹が花開いている。だがやはり顔はぼんやりとして見えないのだった。

『お姉さま』

そう呼びかけてくる、似たような年ごろらしい少女がいた。藤《ふじ》色の振袖を着ている。こちらも柄は牡丹だった。白い牡丹だ。

『お兄さまが上海《シャンハイ》から帰ってきはるって』

小鳥のように軽やかな声で告げる少女の顔は、夢のなかで黒く塗りつぶされていた。

はっとして目を覚ます。熱帯夜でもないのに背中が汗で濡れていた。喉がからからに渇いている。階下におりて、台所で水を飲んだ。流しにグラスを置いたとき、かすかに花のにおいがして肌が粟《あわ》立つ。下を向くと、斜めうしろに薄緑の振袖がちらついた。描かれた牡丹の花から、その芳香《ほうこう》はただよってくるようだった。においが強くなり、めまいがする。

ふり向いても、誰もいなかった。


つぎの晩も、夢を見た。白い手が小包を開いている。現れたのは小瓶だ。透明なガラスの上に色ガラスを被《かぶ》せて、模様を描いている。描かれているのは牡丹だった。紫の牡丹だ。それを握りしめて、大事そうに胸に抱く。『お姉さま』声をかけられて、あわてて小瓶を隠そうとするが、間に合わない。かろうじて小包に添えられていた手紙をうしろに押しやる。

『お兄さまから小包が届いたって、ほんま？　――わあ、それ？　きれいな瓶や。香水瓶？』

妹の声ははしゃいで浮き立っている。

『うん——でも、あんたにと違うから。うち宛《あ》てや』

『ええ、そうなん?』

残念そうな声の妹は、やはり顔のところが黒く塗りつぶされている。妹が部屋から出てゆくと、小包に添えられていた手紙を、白い手は引き裂いた。何度も、何度も、細かく引き裂いていた。

そんな夢を繰り返し見た。夢から覚めて感じるのは、いつも重苦しい後悔だった。春野の想《おも》いではない。夢のなかのあの女性のものだ。彼女は手紙を破り捨てながら、泣いていた。

大学に行くと、構内で友人の菅谷《すがや》に呼びとめられた。

「春野! ……あれ?」

近づいてきた菅谷はきょろきょろする。

「ひとりか? 着物の女の子、つれてへんかった?」

「……着物の女の子?」

「緑っぽい着物の。遠目でよおわからへんかったけど、こう、袖《そで》がふわっと翻《ひるがえ》ってて」

春野は黙る。いつもはなんでも適当に笑って流す春野が神妙な面持ちで黙りこむので、菅谷は首をかしげた。

「なんや、調子悪いんか……って、その手、どないしてん」

包帯が巻かれた左手に菅谷は眉《まゆ》をひそめる。

「ちょっと火傷した。たいしたことないんやけど」

「おまえが?」

菅谷はますます眉をよせる。「おまえが怪我してるとこなんて、はじめて見た」

「怪我くらい、僕もするわ」

春野は包帯を巻いた手をふって、笑った。菅谷は真面目な顔を崩さない。元来、真面目な男なのである。図体がでかくて、剣道をやっているので姿勢もいい。それで唇《くちびる》を結んで突っ立っていると妙な迫力があった。彼はこうして黙っているほうが断然格好いいのだが、べらべらとよくしゃべるので台なしになる。

「顔色も悪いで、春野」

「変な夢見て、寝不足なんや」

「コンタクト、してるか?」

「……忘れた」菅谷は身内以外で春野の視力が悪いのを知っている、ただひとりの友人である。

「危ないやないか」と菅谷はあきれる。「おまえ、今日はもう帰ったほうがええで」

「まだ出なあかん講義があるんや」

「どうせ黒板の文字も見えへんやないか。代返頼んどけ」

「サボりをすすめるのはどうかと思うけど」

そう春野が言うのも無視して、菅谷は通りがかった友人のもとに走りよる。なにか話していたかと思うと、戻ってきた。

「講義て、万葉集のやろ。おまえと俺の代返頼んできた」

「菅谷も？」

「家まで送るわ」

さすがにあっけにとられた。「えらい過保護やな。女の子と違うんやで」

菅谷は顔をしかめた。

「おまえ、今どんな顔色してるかわかってへんやろ。悪霊にでも取り憑《つ》かれてるんかと思うで」

笑えなかった。春野は頰《ほお》を押さえる。菅谷は春野の腕をつかんで歩きだした。

「夢って、どんなん」

「……女のひとの夢」

菅谷は片眉をあげて、ちらりとだけ春野を見る。春野は続けた。

「こないだ、緑色に牡丹柄の着物を着た女のひとが、お祖父《じい》ちゃんを訪ねてきてな。牡丹の香水瓶を返してほしいて言うんや。さがしたんやけど、香水瓶なんてない。それからその女のひとが現れる。ほんで、夢ていうのはその女のひとの夢や」

夢は何度も見た。いつも出てくるのは妹だ。顔が塗りつぶされて見えない妹。

「妹のほうは藤色の牡丹柄の振袖を着てた。あとは会話に兄が出てくる。ふたりはその兄の帰りを待ち望んでるんや。兄は上海にいて、家は金持ち。ええ屋敷に住んでる。わかるのはそれくらいや」

歩いているうちに気分が悪くなってきて、春野はどんどんしゃべった。口を閉じると余計に吐き気がしそうだった。空は曇っている。肌に貼りつくような湿気とともに花の香がまとわりついて、息がつまる。

「牡丹のにおいがきつうて、気持ち悪い」

ぼそりとつぶやくと、菅谷は眉をひそめた。「牡丹のにおいやない、湿気のにおいや。水の腐ったにおいがする」

そうではない。こんなに花の香が濃いのに。

大通りから路地に入り、白川疎水《しらかわそすい》が近づくとにおいはましになる。水の流れがよどんだ空気をとり去ってゆく。

ぽつりと頬に雫《しずく》が当たった。

「雨や」

萱谷が鞄《かばん》から折り畳《たた》み傘をとりだした。こうした用意のよさは彼らしいところである。萱谷はハンカチでもティッシュでも、持つべき物を忘れたことがない。

傘を律儀に半分さしかけられて、春野は苦笑いする。男ふたりが入るには傘は小さくて、肩が濡れた。雨が花の香を薄れさせる。深く息を吸いこんだ。

「最初俺はてっきり、おまえが元気ないんは失恋を引きずってるんかと思ったわ」

傘に当たる雨音にまぎれて、萱谷がぽつりと言った。春野は静かに笑う。

「引きずるほど深入りしてへん」

「そやから、後悔するんやろ」

雨のせいで、視界はなおのことぼやける。世界の輪郭《りんかく》はあいまいだった。

「僕は後悔するくらいでちょうどええ」

後悔しない道を選ぶのが正しいとは思えない。奪い取るのは簡単でも、あの少女は、きっとそれでは息ができなくなっていた。

「おまえはなあ、ずっと怖がってたんやで」

「え?」春野は菅谷の横顔を見る。

「はじめての雪を怖がる猫みたいに怖がってた」

菅谷は前を向いたまま、真面目な顔をしている。春野も前を向いた。笑みは浮かんでこなかった。そやな、とだけ言った。

——恋が怖いだなんて思ったことは、それまで一度もなかったのに。

そうだ。怖かったのだ。自分の弱さを隠せなくなりそうで、怖かった。おそろしくて、でも触れてみたかったのだ。彼女の心に。

「もう梅雨やろな」

そぼふる雨が、つぶやく菅谷の右肩を濡らしている。

「そやな」

おなじように春野の左肩が濡れている。菅谷はいったいなぜ自分のような男の友人をやってくれているのだろうか、とふと思った。

「おまえに取り憑いてる振袖さんな、ちょっと思たんやけど」

春野の家の玄関先で、傘についた雨粒を払いながら菅谷が言った。取り憑いてる、などと茶化すでもなく気味悪がるでもなく口にする。春野の話を聞いているときも、彼はひとことも否定もせず黙って耳を傾けていた。

「牡丹の姉妹やな。姉妹そろって牡丹の振袖着てるんやから」

「まあ……そう言うたらそうやな」

着物の柄として牡丹はありふれた花だが、どうせなら姉妹で被らない柄を誂《あつら》えればよかっただろうに、とも思う。柄がおなじだと着ている人間が比べられてしまう。あの姉妹は仲がよかったのだろうか、悪かったのだろうか。夢ではよくわからなかった。

「『聊斎志異《りょうさいしい》』の牡丹の姉妹みたいやなあと思たんや」

「──〈葛巾《かつきん》〉?」

「そうそう」

中国の怪異小説のなかの一篇《ぺん》である。葛巾、玉版《ぎょくはん》という名の牡丹の花精たちが出てくる。葛巾も玉版も牡丹の品種名だ。

「ほな、あれは牡丹の花の精やとでも?」

萱谷を家にあげて、コーヒーを淹れながら春野は笑う。眼鏡をかけたので手もとがよく見える。

「かもしれへんで」萱谷は春野に渡されたタオルで濡れた肩を拭いている。

「牡丹の精なあ……」言いさして口を閉じ、春野は笑うのをやめる。

『お兄さまが上海から帰ってきはるって』

　夢のなかで、妹はそう報告していた。

「……牡丹の細工物やったら、中国の物かもしれへんな」

　春野はコーヒーを注いだマグカップを萱谷の前に置いて、階段に向かった。「おい、春野」という萱谷の声を無視して、二階へあがる。春野が使っている部屋は、以前は祖父の部屋だった。春野の物は服と本くらいで、ほとんど祖父が使っていたままになっている。牡丹の品を集めた飾り棚だってそうだ。春野はあまり自分の物を持たない。

　部屋に入り、押し入れの戸を開く。なかには春野の服がかけてあるが、その奥から葛籠《つづら》をひとつ引っ張りだした。

「それは？」マグカップを手に萱谷がうしろからのぞきこむ。

「お祖父ちゃんの持ち物。処分しにくいもんやから、残してあるんやけど……」

　蓋をとると、なかにあるのは古いノートや筆記具だ。それらに混じって、蝙蝠《こうもり》の形をした墨床《ぼくしょう》に古銅の書鎮《しょちん》など書道具がある。「中国みやげなんや」と春野は獅子《しし》をかたどった筆架《ひっか》を手にとる。祖父の知人がくれた骨董だと聞いた。書道具だけでなく、いろいろある。

　春野はなかをさぐって、小瓶をとりだした。陶器に虫の絵が描かれた小瓶だ。

「なんの瓶や？」

「これは鼻煙壺《びえんこ》。スナッフボトルとも言うけど。嗅《か》ぎ煙草《たばこ》入れや」

清《しん》朝のころ盛んに作られた品だ。春野は小瓶を菅谷に手渡す。「へえ」と菅谷はめずらしそうに小瓶を眺めて、蓋を開ける。蓋には嗅ぎ煙草をすくうための小さな匙《さじ》がついている。菅谷は鼻をふんふんさせてにおいを嗅いでいた。しかし、なかにはもう嗅ぎ煙草は入っていない。

「もしかしたらここにあるかも、て思たんやけど……」

牡丹の香水瓶はなかった。葛籠を前に腕を組むが、ほかに思いつくところがない。

「逆からさがしてみたらどうや？」

コーヒーをすすりながら菅谷が言った。

「逆？」

「その振袖さんが誰なんか、ってことや」

「誰か、ていうても名前もわからへんし、調べようがないわ」

「なんかヒントみたいなん言うてなかったんか」

「ヒントて……」春野は葛籠を押し入れに戻して、戸を閉める。あの女性が来たときのことを思い返した。

「『石橋先生はお見えでしょうか』――て言わはったから、お祖父ちゃんが先生やったころの知り合いやろう」

「ほな、教え子やろか」

「あんまりそんな感じはせんかったけどな」

　それに、祖父が死んだことを知らなかった。葬儀《そうぎ》にも来ていないということだ。

「つきあいのあったひとはだいたい葬儀に来てくれはったし、年賀状のやりとりくらいしかないひとにも喪中《もちゅう》葉書を出してる。それでも知らんかったてことは、もうつきあいが切れてたひとやったていうことや」

「ほな、むしろ候補が絞れるんやないか？」

そう言われて、菅谷の顔をまじまじと眺める。「……それもそうやな」

しかし、現在つきあいのない相手の連絡先など、とってあるだろうか。

「うちの祖父さまは、年賀状を送るときに毎回送り先を整理するんや。このひとは死んでしもた、こっちはつきあいがなくなったからもうええ、とか。そういうときは、名前のリストに線を引いてる。丸ごと消してしまうより、そのほうがわかりやすいやろ」

菅谷の祖父は大学の学長までつとめたほどのひとであり、菅谷の剣道の師でもある。今もかくしゃくとして、一家のなかで隠然と実権を握っているそうだ。

「そういえば、お祖父ちゃんもそんなふうにしてた気がするけど……残ってるとしたら、リビングやろか」

階下におりて、リビングの棚にしまってあるファイルをとりだす。開いてみると、祖父母の知人友人の住所録に加えて、父の同窓会名簿どころか高校生のころの連絡網なんてものまで残してあった。父母の作った住所録のたぐいはない。父母は大阪に住んでいるので、そちらにあるのだ。春野も高校まで大阪住まいだった。

横からのぞきこんだ菅谷が、「おまえのはないんか?」と訊いてくる。

「僕のは僕で保管してる。そもそもリストにせなあかんほど親交のあるひと多ないけど」

「おまえは愛想《あいそ》いいわりに仲ええやつすくないもんな」

「面倒やから」

愛想はいいほうが面倒がないし、心を許す相手もすくないほうが面倒がない。

「そうやって適当に面倒を避けようとするから、結果的に面倒なことになるんやで。俺がおまえの苗字《みょうじ》をずっと誤解してたんも、おまえが面倒がって放置してたからや」

菅谷は『春野』と名前で呼ぶが、長らくそれが苗字だと思っていたからである。大阪のおなじ男子校に通っていたものの出会ったのは学外だったので、なかなか気づかなかったらしい。

「学校で『春野』って苗字のやつさがしても全然おらへんから、俺はおまえが幽霊なんとちゃうかと思てたときがあったわ」

「はは、自分でもそう思うときがあるわ」

「おまえなあ……」

ファイルをめくっていた春野は、手をとめて最初のほうに戻る。

「お祖父ちゃんのリストにはそもそも女のひとの名前がないな。あるのはお祖母《ばあ》ちゃんのほう。……もしかしたら、お祖母ちゃんのほうの知り合いやったんやろか」

祖母が連絡をとりあっていた人々の名を上からなぞる。さほど数はない。線を引いて消されている名前がちらほらあった。つきあいがなくなったか、没したかのどちらかだろう。残っている名前も、何人がまだ存命かわからない。とうの祖母も亡くなっている。

――ここに載っているひとたちに片端から電話をかけてみるか？　用件はなんと言う？

春野はとりあえずファイルをテーブルに置いて、自分のマグカップにサーバーからコーヒーを注いだ。

「雨やまへんな」マグカップを片手に、萱谷が窓の外を眺めている。霧雨《きりさめ》に庭の景色はけぶっていた。「牡丹も薔薇《ばら》もきれいやけど」

春野は隣に立つ。様々な品種の牡丹と薔薇が咲いている。淡いセピア色の薔薇、くすんだ薄紅色の薔薇。濃い紫の牡丹、白い牡丹……夢で見たあの姉妹の振袖にあったような。

やわらかな針のような雨が、花にヴェールをかけていた。

「春――」

ふいに菅谷が硬い声をあげた。春野はその腕を押さえる。

「ふり向くな」

背後に気配がする。あのひとが立っている。見えないのに、見えているように錯覚する。肌に染みこんでくるような彼女の空気があった。においが濃さを増す。あまりに甘く濃厚で、花が腐ったようなにおい。春野は下を向き、脇から背後をうかがった。薄緑の振袖が見える。紫の牡丹が大輪の花を開いて、まるでにおいたつような――。

菅谷が春野の手をほどいて、うしろをふり返った。はっとまばたきした瞬間に、振袖は消えてしまう。ただ、においだけはまとわりついていた。肺が腐り落ちそうに思えて、口を押さえた。菅谷は振袖が見えた辺りに立って、周囲を眺めている。

「出るんなら、はっきり出てくれたらええのにな」などと菅谷は文句を言っている。

「それはそれでいややわ」

「返してほしいもんがあるんやったら、それがどこにあるかくらい自分から教えてくれたらええやないか。そしたらさがしまわらんですむのに」

「そんな理屈が通じたら――」

苦労せんやろ、と言いかけて、口をつぐむ。前方を眺めた。リビングとつながっている台所が見える。

「……あのひとはいつも、台所の近くに立ってる」

春野は台所に立つ。辺りをぐるりと見回した。流しに、作りつけの棚に、大きな食器棚。春野はおもむろに食器棚のほうに向かい、ガラス戸を開ける。なかにあるのはふだん使うティーカップや皿だ。祖父母たちが使っていたものをそのまま使っている。まだ使ったことのない食器も多くあった。ガラス戸を閉め、その下の抽斗を開ける。ここにも皿が収められている。無言のまままそれも閉めて、膝《ひざ》をつく。一番下の戸を開けた。ここには祖母もあまり使わなかった器のたぐいが入っている。上にある器すら使ったことのないものが多いので、ここにあるものはなおさらだった。手前にあるものから出していって、たしかめる。菅谷も隣にしゃがみこんで、春野が出す器を受けとり床に置いていった。

棚の奥をのぞきこんだ春野は、箱があるのを見つける。菓子が入っていたような平たい缶だ。引っ張りだして開けてみると、なかには手鏡やコンパクト、パウダーケースなどが入っている。いずれも古いものだ。手鏡は銀製で、手を模した変わったコンパクトに、パウダーケースは青い花模様の陶器だった。

「洒落《しゃれ》てるなあ。お祖母さんのか？」

「そやろな。使わへんようになって、ここにしまってあったんやろか」

記憶に残る祖母は、化粧をしていない。だが洒落たひとではあったので、こうしたものもとっておいたのかもしれない。春野は缶の隅《すみ》にあった紙の包みを手にとる。ハトロン紙に包まれたそれは、小瓶のようだった。包みを開いて、はっとする。

色ガラスで牡丹を描いた小瓶だった。夢で見たとおりの――。

手のひらに収まるほどの小さな瓶だ。細長く、丸みを帯びた形をしている。透明なガラスに紫色のガラスを被せて牡丹が描かれており、裏返してみると、そちらには白いガラスで牡丹を描いてあった。紫の牡丹に白い牡丹。『聊斎志異』の〈葛巾〉を題材にしたものだろうか。蓋をとってみると、小匙がついている。鼻煙壺だ。だが、鼻を近づけてみるとほのかに甘い香りがする。春野にずっとまとわりついていたような、花の香りだ。

「それが振袖さんの要求してた香水瓶か?」

「そうや。もとは鼻煙壺やったのを、香水瓶にしたみたいやな」

萱谷にさしだすと、鼻をふんふんさせてにおいを嗅いで、顔をしかめている。香水のにおいが苦手なのだ。

「香水瓶やったから、お祖父ちゃんは自分のコレクションにせずにお祖母ちゃんにあげたんやろか」

もう訊きようのないことだが。

「春野、これ見てみ」

菅谷が瓶を包んでいたハトロン紙を丁寧に広げている。文字が薄い茶色で印刷してあった。――《唐橋《からはし》製薬》。

「この苗字、リストになかったたっけ」と菅谷はテーブルに置いたファイルを持ってくる。見てみると、線を引いた名前のなかにそれがあった。《唐橋元子《もとこ》》。

「線が引いてあるってことは、もうつきあいのなくなってた相手ってことやな」

「もしくはもう亡くなってたか」と言いつつ春野は住所を確認する。

「修学院《しゆがくいん》のほうやな」

「ほな、訪ねてみるか」

春野は菅谷の顔を見あげる。

「菅谷も？」

「なんでそんな驚いた顔すんねん。そら、最後までつきあわんと気持ち悪いやろ」

そう言ったかと思うと、菅谷はドアのほうに足を向けた。

「善は急げやで。さっさとすませようや」

春野は急いで香水瓶をハトロン紙に包み直すと、鞄に入れてあとを追った。

「なんて言うて訪ねる？　幽霊が返せて言うんで遺品を返しに来ました、とは言われへんやろ」

元田中《もとたなか》駅から叡山《えいざん》電鉄に乗って、修学院をめざす。電車のなかは空《す》いていた。ふたりは並んで座席に腰をおろす。

「唐橋さんと香水瓶の持ち主がどういう関係なんかもわからへんしな……」

《唐橋元子》というひとが香水瓶を返せと言ってきた当人なのか、あのひとの身内なのか、はたまたまったく関係のないひとか。この香水瓶のことがわかるひとであればいいのだが、と思う。

春野は首を巡らし、車窓を眺める。沿線に建つ家並みが流れてゆく。雨はあがっていたが、空も家々も白くけぶって見える。空気が水を含んで重い。

「菅谷って、こんなに世話焼きやったっけ」

けぶる景色を眺めてぼんやりしながら、春野はつぶやく。よく眠れていないので、眠い。

「世話焼きいうほど焼いてへんやろ。体調悪い友だちを心配して手伝ってあげてるだけや」

「菅谷は僕のこと、あんまり好きやないんやと思てた」

菅谷はびっくりしたような顔で春野を見た。

「――なんや、知ってたんか」

そう言ったあと、破顔した。

「いやいや、冗談や。なんでやねん。おまえは自信あるようでないよなあ、不思議やわ」

菅谷はくっくっと笑うのをやめない。

「自分から言うといて、そうやて言われると傷ついた顔するんやから、あほやな」

「……」春野は顔をしかめた。春野がそんな顔をするのはめずらしいので、また菅谷は意地悪く笑う。肩を揺らす菅谷を春野は横目でにらんだ。

「……おまえはときどき性格が悪い」

「『ときどき』なんやったらかわいいもんやろ。おまえはときどき弱気やな。そやのに甘え下手やからしんどなんねん」

「この歳《とし》になって甘えるとかないわ」

「おまえは昔からそうやないか」

「知らん」

不機嫌に言って、春野は座席の背にもたれかかった。春野はふだん、感情の波を外に出すことはない。植物のように静かだ。不機嫌さをあらわにするのは、たぶん、菅谷相手でもはじめてだった。なにがそんなにおかしいのか、菅谷はまだ笑っている。

修学院《しゅうがくいん》駅で電車をおりると、唐橋家をさがした。該当《がいとう》の住所まで、ふたりでぶらぶら歩く。駅から住宅街が続くが、ひと通りもすくなく静かだった。湿気が音を吸いとっているのだろうか。大きな戸建てが並ぶ辺りに出て、周囲を見回す。きれいに整えられた黄楊《つげ》の生け垣がある屋敷が目にとまる。古めかしい数寄屋門《すきやもん》も見事な家だ。雨に濡れた瓦屋根《かわらやね》も風情があった。表札には《唐橋》とある。ここだ。

菅谷とちらりと視線を交わして、春野は門の戸に手をかける。インターホンはなかった。戸を開けると、濡れた飛び石が玄関まで続いている。そちらに向かおうとすると、横合いから声がかかった。

「どなた?」

きれいに刈りこんだ松の木の向こうに、年老いた婦人が立っていた。藤鼠《ふじねず》の色無地《いろむじ》に薄《うす》墨《ずみ》色の帯を締めている。白髪をうしろでひとつにまとめた、品のある美しい面ざしをしたひとだった。おとなしそうだが、同時に頑《かたく》なな印象もある。このひとに、どこかで会ったことがあるような気がした。

「唐橋元子さんは、いらっしゃいますか」

そう告げて、つけ加える。「僕は、石橋春野といいます。僕の祖母が元子さんとお知り合いやったみたいなんですが」

老婦人は幾度か不思議そうに目をしばたたいた。

「元子は……姉です。先日葬儀を終えたところです」

春野はすこし息をのみ、頭をさげる。「それは、ご愁傷さまでした。知らずにすみません」

元子は亡くなっている。では、春野のもとに現れたあの幽霊は、元子か。そして目の前にいるこのひとが、妹――あの夢に出てきた妹なのだろうか。どこかで会った気がしたのは、そのせいか。

お悔みを述べる春野に、いいえ、と老婦人は控えめに首をふる。

「わたしは姉の交友関係はよう知らへんのですけど、それで、今日はどういうご用件で?」

どう切り出せばいいだろうか、と考えて、春野は鞄からあの香水瓶を出す。ハトロン紙を開いて、瓶を見せた。とりあえず現物を見せようと思ったのだ。

「この香水瓶、元子さんの物やないかと思うんですけど、どうですか」

婦人はあきらかに驚いた顔で、食い入るように香水瓶を見ていた。「これ……お宅にあったんですか?」

「そうです」事情は説明せずに、ただそれだけ言う。「元子さんの物なんやったら、お返しせなあかんと思ったので」

婦人は香水瓶に目を据えたまま、なにかつぶやいたようだった。「え?」聞こえなかった春野は訊き返したが、婦人はただ首をふり、皺《しわ》の深い青白い手を屋敷のほうに向けた。

「どうぞ、お入りください。それはたしかに姉の物で――わたしの物です」


春野と菅谷は座敷に通される。籠《かご》に入れた瑞々《みずみず》しい山法師《やまぼうし》が床の間に飾られていた。開け放した障子《しょうじ》の向こうに整った庭が見える。玄関先でも目にした老松と地面を覆《おお》う青い苔《こけ》が静謐《せいひつ》な美しさをただよわせる庭だった。

「そうですか、姉はこの香水瓶をあなたのお祖父さまにさしあげていたんですか」

庭の空気が移ったように婦人――珠子《たまこ》は静かな声で言った。珠子と向かい合って座ってから、春野は訪ねてきた元子らしき女性のことも夢のことも、すべて話した。なんとなく、珠子は荒唐無稽《こうとうむけい》だと怒ったり笑ったりしないだろうと思ったが、はたしてそうだった。

「これがあなたの物だというのは、どういう意味なんですか?」

座卓の上に香水瓶は置かれている。珠子はちらりとそれを見て、すぐに視線を外した。

「その香水瓶は、若いころ従兄《いとこ》が送ってきた物です」

「いとこ……」

「当時、父の仕事を手伝って上海にいた従兄です。わたしも姉も、『お兄さま』と呼んで慕っていました」

『お兄さま』――夢で何度も出てきた呼称だ。従兄だったのか。

「……これは遺品です」

珠子は香水瓶を手にとった。

「遺品？」

「従兄の」

珠子は白い色ガラスで描かれた牡丹をそっと指でなぞった。皺が深く刻まれた指は青い血管が透けて見えるほど皮膚《ひふ》が薄く、かすかに震えていた。

「上海から帰国する途中、船が難破して従兄は帰ってきませんでした。この香水瓶はそのひと月ほど前に送られてきた物です。わたし宛てに。……でも、わたしはそれと知りませんでした。姉が自分宛ての贈り物だと偽《いつわ》っていたからです」

春野は、夢のなかで元子が妹にそう告げていたのを思い出した。

「わたしがほんとうのことを知ったのは、従兄が亡くなって半年ほどたったあとのことです。従兄からの最後の手紙が、わたしのもとに届きました。上海から出したものが、手違いで届かずにいて、そのときようやく受けとることができたのです。手紙には、以前わたしに宛てて香水瓶を送ったことが書かれていました。鼻煙壺だけれど、香水瓶にちょうどいいだろうと。気に入ったかどうか、尋《たず》ねる手紙でした。――わたしは従兄から求婚されて、つぎの春に結婚する予定でした。わたしは小包が届いていたのを思い出して、姉を問い質《ただ》しました。……姉は、あれは落として割ってしまったと言いました」

珠子は手のなかの香水瓶を持て余すように握ったり開いたりして、眺めている。彼女の声は海に沈むように静かで、夢のなかで聞いたあの軽やかさと明るさは消え失せていた。

「わたしは姉を責めました。従兄と結婚するわたしを妬《ねた》んだのだと思いました。実際、そうだったのだろうと思います。姉もお兄さまが好きだったのだから。でも、姉はその想いをずっと隠していました。姉は顔に傷があって」

珠子は額の辺りを手で押さえる。「額に、火傷の痕《あと》が。子供のころに転んで火鉢を倒したときのものです。そう目立つ傷ではありませんでしたが、姉は気に病んでいました。両親がなにかにつけて嘆いていたせいでしょう。なにせ、わたしの名前は姉のような傷を作らないよう願ってつけられた名前ですから」

珠子の語り口は淡々としているが、押し寄せる波濤《はとう》のように重く荒いものが見え隠れして、途切れることなく続く。

「そんなふうですから、姉は自分の傷を引け目に感じて、お兄さまにも素直に慕っているそぶりを見せられずにいました。わたしはずっと姉をそばで見てきましたから、姉の苦悩はよく知っています。でも、理解することはできませんでした。たいした傷でもないのに、自分をかわいそうがって陶酔していると思っていましたから。あのころのわたしは名前のとおり傷ひとつない玉のような肌で、若くて、きれいだという称賛が自信となってはちきれんばかりになっていました。怖いものなしでしたから、怖がってばかりの姉を笑っていたんですよ。姉の傷の深さを想像することができない、浅はかな妹でした」

珠子は香水瓶を裏返して、紫色の牡丹を撫《な》でる。その瞳《ひとみ》は懐かしむよりも暗くかなしい色に沈んでいる。

「姉妹で牡丹の振袖を誂えたことがあります。あなたの前に現れた姉が着ていたというのは、それでしょう。姉が牡丹の反物《たんもの》を選んだとき、それならわたしの振袖も色違いの牡丹にしたらどうかとすすめたのは、お兄さまでした。お兄さまは単純に牡丹の振袖がそろったら美しいだろうと思っただけでしょうけれど、わたしは……わたしはきっと自分のほうが姉よりも美しく見えるだろうと……そんな思いがよぎって、あの振袖を誂えたんです」

どうしてそんなひどいことができたんやろう、と珠子はぽつりとつぶやく。

「姉がこの瓶を自分の物にして、そのうえ割ってしまったと知ったとき、ずいぶん心ないことを言いました。取り返しがつかない言葉でした。わたしはその後、すすめられた縁談を承諾して嫁《とつ》ぎました。実家――この家ですけど、ここを出て以来、姉とは法事で顔を合わせるくらいで、まともに口もききませんでした。姉は、嫁がず婿《むこ》もとらずこの家でひとり、暮らしていました」

珠子は座敷のなかを見まわす。

「この家でなにを思ってあの歳まで生きていたのか、わたしにはわかりません。姉の気持ちは、きっとわたしには一生——死んでもわからないでしょう。わたしのような、ひどい妹には」

珠子は香水瓶の蓋を開けて、鼻に近づける。目を閉じてにおいをかいでいた。

「花の香り……まだにおいが残ってるんですね。姉の好きだった香りです。甘すぎて、わたしは好きではありませんでした。……割れてなかったのなら、よかった」

珠子に追及されても割ったとさらに嘘《うそ》をついた元子は、従兄の遺品を妹に渡したくなかったのだろうか。春野にだってそんなことは、わかるはずもない。ただ——。

「……夢から覚めると、僕はいつも重苦しい後悔を感じてました。僕が後悔してるんやなくて、元子さんのものです」

春野が言うと、珠子は目を向ける。——元子さんはたぶん、このひとに香水瓶を返したかったのだろう。そう思ったが、口にすると違ったなにかになってしまいそうで、なにも言えなかった。春野のような部外者がもっともらしいことを言うべきではない気がした。珠子の気持ちが楽になるようなことは、いくらでも言えるように思うのに。

ただ目を伏せる。珠子は瓶の蓋を閉めて、座卓に置いた。

「わたしも姉も、後悔ばっかりやな」

それだけ言って、珠子はわずかにほほえんだ。後悔だけが、このふたりをつないでいる。

それが珠子をほんのすこし、救うのかもしれなかった。


唐橋家を出た春野と菅谷は、せっかくなので、近くの曼殊院《まんしゆいん》に寄ってから帰ることにした。寺なんぞに行ってなにが楽しいのかわからへん、というたちの菅谷はぶつくさ言っていたが。

寺まではアカシア、それから楓《かえで》の並木道が続いている。秋になれば紅葉がきれいな楓は、今は新緑が美しい。青々とした葉の下を通っていると、緑のにおいが濃く香る。いつのまにか雨雲は薄くなり、水色の空が木々のあいだからのぞいていた。

「寺にはつきおうたるから、帰りになんかうまいもん奢《おご》ってや」

わずかに落ちる木洩《こも》れ日《び》を踏んで、菅谷が言う。

「今日は家にある鶏肉《とり》使いきらなあかんねん」

「お、ええやん、唐揚げしよ、唐揚げ」

「『しよ』て、僕が作るんやろ、一から十までぜんぶ」

「手伝ってもええけど、おまえ指示がうるさいんやもん。めんどくさい」

「指示せんかったら萱谷はなにも作れへんやないか」

「せやから春野にぜんぶまかせるわ」

「……まあ、今日はお礼やから僕がするけど」

つぎからは手伝わへんやつに食わせる飯はないからな、と釘を刺しておく。

風が吹いた。

「ん、雨か？」

萱谷が頭上をふり仰ぐ。まばらに雫がふりかかってくる。いや、と春野も枝を見あげた。青い葉から落ちる雫が陽をはじいてまぶしく輝く。

「青時雨《あおしぐれ》や」

雨上がりに葉から落ちてくる雫をさす言葉だ。数日前の客人が思い起こされて、春野は目にしみるような青葉をしばし眺める。

「春野はほんま爺《じじ》むさい言葉をよう知ってるよなあ」などと萱谷が言うので、「唐揚げいらへんのやな」と春野は笑って返した。

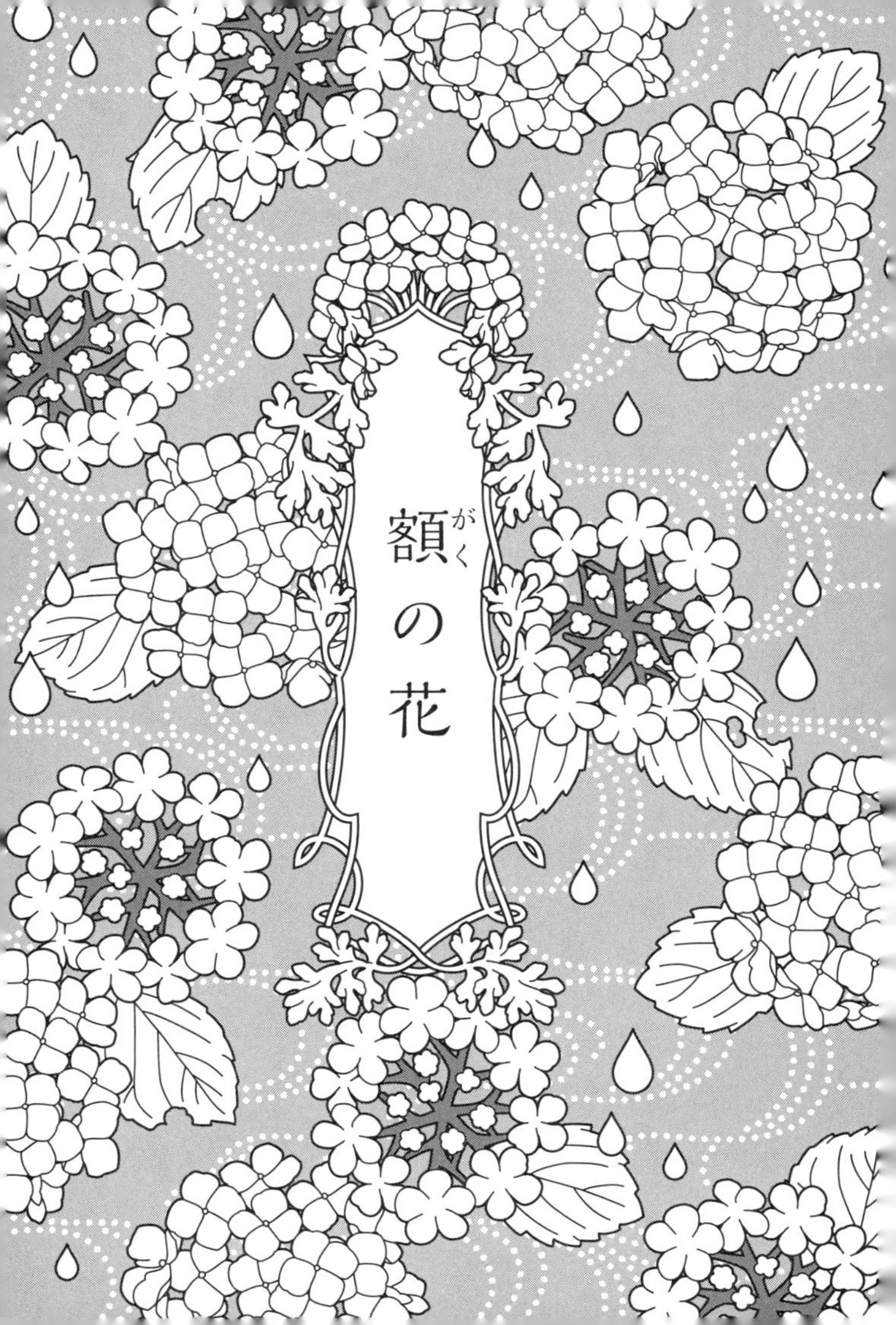
額《がく》の花

私の最初の持ち主は、小さな女の子でした。『千枝子《ちえこ》お嬢さま』と周囲から呼ばれることが多かったので、私もそう呼ぶことにしました。当時まだめずらしかった洋装に身を包み、鏡の前ではじめて私を胸もとにつけてもらったときの彼女のうれしそうな顔といったら。千枝子お嬢さまは真冬でも私をつけてくれました。「冬に紫陽花《あじさい》のブローチなんて、季節外れもいいとこだ」と彼女のすぐ上の兄はからかいましたが、彼女はいっこうに気にしていませんでした。

額《がく》の花、と名づけられた彫金《ちょうきん》のブローチ、それが私です。額の花というのは額紫陽花《がくあじさい》のことです。私を作ったのは、装剣金工《そうけんきんこう》から装身具の彫金師へと転身した職人でした。そのころそうした職人はたくさんいましたが、私を作りあげたひとの腕がよかったのは、周囲の声からよくわかりました。細かく彫りこまれた花弁や葉脈、葉には虫食いのあとまであり、まるでほんものの花のように瑞々《みずみず》しいと讃《たた》えられていたのです。誕生日の贈り物に選ばれた私は、きっとすてきな淑女の手に渡るものと思っていました。それが包みを開けたのはまだ十になるかならないかの小さな女の子だったので、私はがっかりしました。でも、彼女は私を見た瞬間、目を輝かせたのです。頰《ほお》を紅潮させて、大事そうにそっと箱から私をとりだして、とろけそうな笑顔を見せました。あの瞬間から、私は千枝子お嬢さまが大好きになりました。

大きくなっても、千枝子お嬢さまのいちばんのお気に入りは私でした。十五の夏だったでしょうか、千枝子お嬢さまは紫陽花の薄物《うすもの》を誂《あつら》えました。白地に淡い水色の紫陽花が描かれた絽《ろ》の着物で、水紋《すいもん》の銀糸の帯に合わせるとよく映えました。千枝子お嬢さまは私を帯留《おびど》めにも重用しておりましたので、このときも使われるのは決まって私でした。

このころ千枝子お嬢さまは、ときおり丹念に身だしなみを整えることがありました。丁寧に髪をくしけずり、白いリボンを結んでもらい、衿《えり》が歪んでないか何度もたしかめ、そわそわと私をいじっていました。そんなとき彼女が顔を合わせるのは、すぐ上の兄の学友でした。兄上と違って彼は厭味《いやみ》も意地悪も言いません。千枝子お嬢さまが彼とはじめて会ったのは十三の冬で、そのときも私は彼女の胸もとを飾っていました。セーターにつけられた季節外れの私を見ても、彼は兄上のように笑ったりはしませんでした。「きれいなブローチだね」と褒《ほ》めてくれたのです。「とてもいい物だ。大事にするといいよ」とも。

彼と話すときの千枝子お嬢さまの声は、とてもはずんでいました。明るい初夏の日差しのような声です。なんの迷いも翳《かげ》りもない、明るいもので満たされた声でした。そんな千枝子お嬢さまを見る彼のまなざしも、明るく静かなやさしいものでした。何度ふり返ってみても、あのころほど美しく幸福な時間はありません。それがどれほどはかなく、たわいなく砕けてしまうものなのか、私も千枝子お嬢さまも知りませんでした。

私が売られたのは、千枝子お嬢さまが十七の春のことでした。すこしでも金子《きんす》を工面するためです。娘の装飾品を売らねばならないほど、お家《うち》の状況は逼迫《ひっぱく》していたのです。そのころには先祖伝来の品々もとうに売り払われていました。千枝子お嬢さまのお家のような公家華族《くげかぞく》の内情はどこもそんなもので、売り払える品があるだけましと言われるくらいでした。売られてから、千枝子お嬢さまがどうなったのか、私にはわかりません。私を手放すとき、彼女は一度そっと胸に抱きしめてくれました。私をはじめて手にとったときのように、大事そうに。

売られたさきの店で、隣り合った商品たちから千枝子お嬢さまのお家について噂《うわさ》を聞いたことがあります。一家離散したとか、令嬢は女衒《ぜげん》に売られて妓楼《ぎろう》にいるとか、嘘《うそ》かほんとうかもわからないことばかりを耳にしました。兄上の学友だった彼はどうしているかな、なおさらわかるはずもありません。私は祈ることしかできませんでした。どうか、千枝子お嬢さまが苦しんでいませんようにと。最後に私をいとおしげに抱きしめてくれたあの子が、どうか幸せでありますようにと。

つぎの私の持ち主は、店で私を買った婦人でした。店に来たさい狐《きつね》の襟巻《えりまき》をしていたので、狐婦人と呼ぶことにしました。狐婦人は首にあれこれ巻いたりさげたりするのが好きらしく、じゃらじゃらとした首飾りを好んでつけていました。私は胸もとにつけられたりしたらその首飾りにぶつかって傷がつきそうで、いやでたまりませんでした。狐婦人は私を派手なブラウスの胸もとにつけましたが、すぐに外れて落ちてしまいました。何度つけてもそうです。私はどうしても彼女の物になるのがいやだったのです。しまいに狐婦人は怒って店に私を返品しました。そのあと私を買った客も、そのまたあとも、おなじことになりました。店主はあきれて、私をよその店に売ってしまいました。その店でもおなじことです。私は、千枝子お嬢さま以外のひとの物になるのは、どうしてもいやなのでした。何度店を転々として、何人のひとの手に渡ったのか、どれくらい時間がたったものか、わかりません。私はあるとき、市で売られていました。古いものばかりの市でした。そこで私を手にとったのは、着物姿の若い婦人でした。

「ずいぶん安いんですね。ええ品やのに」

身ぎれいで上品な、凛《りん》とした女性でした。「ええ品やのに」という言葉に、「とてもいい物だ」と褒めてくれたひとのことを思い出しました。

「いわくつきなんや。それでもよかったら、買《こ》うてください。返品は受けつけへんから、そのつもりで」

売り主は無愛想で、商売っ気のない男でした。女性はちょっと片眉《まゆ》をあげて男を見たあと、「いわくつきって？」と尋《たず》ねました。

「留め具に不具合があるわけとちゃうのに、何遍《ぺん》つけようとしても落ちてくる。もとは華族のご令嬢が持ってた物で、没落して手放してしもたから、怨念《おんねん》がついてるんやと」

まあ、失礼な。と口があったら言っていました。怨念だなんて、勘違いも甚《はなは》だしい。千枝子お嬢さまはそんな言葉とは無縁のひとです。

女性は軽く笑いました。

「怨念ではないと思いますけど。これは、とてもいい物やもの」

彼女はまたそう言ってくれました。わたしはすこし、硬く凝《こ》り固まっていたものがやわらかくなったような気がしました。

彼女は私を買いました。宝石箱に加えられた私を見て、彼女の夫が「きれいなブローチですね」と言いました。私はまた、かつて私をそう褒めてくれた青年を思い出しました。

「留められへんのですって。落ちてしまうんやそうです。落として傷つけてしもたらいややから、眺めるだけにします」

「へえ。もったいない気もするけど。芙二子《ふじこ》さんがつけはったら、きっと似合うやろに」

この夫婦はそうしてときおり、私を眺めていました。それは悪い時間ではありませんでした。千枝子お嬢さまとあの青年が過ごした時間にも似た、穏やかでやさしく、明るい時間でした。

「せっかくやから、レプリカを作りましょうか」と夫のほうが言いだしたのは、それからひと月後くらいのことだったでしょうか。「芙二子さんも気に入ってはるんやし、つけられたほうがいいでしょう」

そういうわけで、私には複製品ができました。芙二子さんは着物でいるのがほとんどでしたので、複製品のほうは帯留めとして作られました。こちらはなかなか活躍したようです。私の細工の見事さにはとてもかなわないと思いますが。

それからまた年月がたちました。芙二子さんはある日、私を若い女性に譲りました。短い髪に、よく動く黒目がちの瞳《ひとみ》がかわいらしくも勝気そうな、二十歳《はたち》くらいの女性でした。彼女は芙二子さんのひとり息子のお嫁さんでした。

彼女は芙二子さんに着物を着せてもらい、あのレプリカをつけていました。着物は翠色《すいしょく》の単衣《ひとえ》の御召《おめし》で、銀糸の縫《ぬ》い取りが雨のようにきらめいていました。

「きれい」

手のひらにのせられた私を眺めて、彼女はぽつりとささやくようにもらしました。どこかおそれるような、戸惑《とまど》いを含んだ声でした。いわくつきといわれる私ですから、怖いのかと思いましたが、違いました。

「こんなすばらしい物、もらえません」

彼女は私のように見事で美しい品に慣れていないのでした。芙二子さんはほほえんで、

「すばらしい物やから、あげたいと思うんやないの」と言いました。

「それをときどき眺めて、褒めてやって。喜ぶさかい」

「喜ぶ……？」

「それの持ち主はたったひとりで、ほかのひとがつけることはできひん。でも、眺めることはできるさかい、ほんとうの持ち主のぶんまでようけ愛《め》でてあげたいんよ」

芙二子さんは、けして私の持ち主になろうとはしませんでした。でも、とても大事にしてくれました。私が千枝子お嬢さまを思う気持ちごと、大事にしてくれたのです。

「これからは千鶴《ちづる》ちゃんがそうしてくれると、うれしい」

「……はい」

千鶴さんは、すこしはにかんだ笑みを浮かべて、うなずいてくれました。私は美しいものに気後《きおく》れする彼女が愛らしく、好ましく思えました。彼女は芙二子さんと違って、ひとりで私を眺め、見惚《みと》れていました。そして夫が部屋に入ってくると、あわてて私を箱にしまうのです。うっとりしているところを見られるのがいやなようでした。

「僕にも見せてくれてもええやないか。あの紫陽花のブローチやろ？」

夫のほうは拗《す》ねていました。

「慶介《けいすけ》さんは、これを見ても『紫陽花やな』くらいしか言わへんやないですか。そんなんやと、ブローチが怒りますから」

まったくもってそのとおりでした。この夫は芙二子さんから私を見せられても、「へえ、額紫陽花のブローチですか」と見たままのことしか言いませんでした。だめです。

「見ても減るもんとちゃうやろに……」と彼は不服そうでしたが、「金平糖《こんぺいとう》ありますけど、食べますか」と千鶴さんが言うと「うん」とすぐに機嫌を直したようでした。ぽりぽり音を立てながら、「紫陽花は魔除《まよ》けになるから、ええと思うわ」などと言っています。

「そうなんですか？」

「うん。うちの座敷にもあるやろ、半紙に包んだ紫陽花、逆さに吊るしてあるの。魔除けのまじないや」

「ああ、あれなんやろと思てたんですけど、魔除けなんですか」

「そう。今年は僕が吊るして、お祈りしといた。君もこれまでよりずっと体を大事にせなあかんときやし……お腹《なか》の子のぶんも」

照れくさそうな声でした。ちょっと間を置いてから、「そうですか」と千鶴さんは答えました。またすこしして、「……ありがとうございます」と小さく付け足していました。

紫陽花の魔除けのおかげか、お腹の子はすくすく育ち、無事生まれたようです。ときの流れは千枝子お嬢さまと過ごしたときより速く感じます。このときの赤子はあっというまに大きくなり、つぎに生まれた女の子も大きくなりました。私は今、この女の子の宝石箱に入っています。レプリカも一緒です。夏になると彼女はレプリカをよくつけていました。

今日も彼女はレプリカをつけました。着物は霧を思わせる白いぼかしの入った薄藍《うすあい》の地に百合《ゆり》を描いた薄物で、帯には鉄線《てっせん》の花が咲いています。私を忠実に写したレプリカは、花に囲まれても埋もれたりしません。

なぜかその日、彼女は私を部屋から持ちだしました。向かったのは座敷で、そこでは背の高い青年が鴨居《かもい》にとりつけた金具になにかを吊りさげているところでした。ふり向いた青年は、以前この家に下宿していたひとです。切れ長の目が印象的な、冷ややかですこしさびしげな翳のあるひとでした。

「それ、どうするんだ?」と私を見て彼は言いました。

「飾ろうと思て」と少女は答えます。座敷の隅《すみ》に小さな棚があって、彼女はその前に座りました。流水文《りゅうすいもん》の袱紗《ふくさ》を敷いて、その上に私をそっとのせます。この少女の手つきは千枝子お嬢さまに似ていて、とても好きです。慈《いつく》しむようにやさしく触れるのです。彼女はまわりから鹿乃《かの》、と呼ばれていましたが、私は親愛をこめて鹿乃ちゃん、と呼んでいます。

「その紫陽花も新しくしたし、ちょうどええやろ」

鹿乃ちゃんが言うのは、魔除けの紫陽花です。青年が吊りさげていたのはそれでした。

「ありがとう。お兄ちゃんに頼もうと思てたけど、慧《けい》ちゃんが来てくれてちょうどよかった」

「今日は幸《ゆき》ちゃんをつれて植物園に行ってるんだっけか。すっかり父親だな」

「ふふ」と鹿乃ちゃんはやわらかく笑います。この子は、ほのかな明るい光に満ちた笑いかたをします。

「お兄ちゃんがお母さんのお腹のなかにいたとき、その紫陽花の魔除け、お父さんが吊るしたんやって」

「へえ」青年は感慨《かんがい》深そうに紫陽花を眺めていました。

「この紫陽花のブローチも、そのころお祖母《ばあ》ちゃんがお母さんに譲ったんよ」

「そのブローチってあれだろ、つけても落ちてしまうっていういわくつきの。だからレプリカを作ったんだっておふじさんから聞いた」

「このブローチの持ち主は、たったひとりやから。でもそのひとはこれを手放さなあかんかったから、そのひとのぶんまで大事にしようと思てるんよ」

「こうやって飾って？」

「うん。これの持ち主やった千枝子さんてひとは、手放さはったとき、とてもかなしかったそうやから」

――え？

私は、びっくりしました。どうして鹿乃ちゃんは、千枝子お嬢さまの名前を知っているのでしょう。そして、彼女がかなしがっていたと、どうして。

「なんでそんなこと知ってるんだ？」

私の気持ちを代弁するように、青年が言いました。

「ちょっと前にな、今みたいにこの帯留めつけて、鴨川《かもがわ》のそば歩いてたんやけど。商店街で買い物したあと。そこで、声かけられたんよ」

「ナンパか？」彼は眉をひそめました。鹿乃ちゃんは笑います。

「ちゃうよ。おばあさん。旅行中やったんやって。そのひとがな、わたしを見て、すごくびっくりしてはったん。正確には、わたしのこの帯留めを見て、やけど」

「なんでだ？」

「そのおばあさんのお祖母さん――ややこしいな。おばあさんは堤《つつみ》さんてひとなんやけど、堤さんの祖母が持ってた帯留めにそっくりで驚いたんやって。実物を見たことはなくて、写真で見ただけやけど、って」

「まさか、その祖母っていうのが……」

「うん。それが千枝子さん。堤さんは、千枝子さんからよくこのブローチの話を聞いてはったんやって。大事にしてたのに、家の事情で手放さなあかんかったって。ブローチだけやない、家にあるめぼしい物はぜんぶ売り払って、家も土地も手放したんや。逃げるように長屋に移って、残ったお金で細々と暮らして……好きやったひととも離れればなれになってしもて」

　ああ、と思いました。やはり、あの青年とは離れればなれになってしまっていたのです。

「そやけど、千枝子さんのお兄さんはたくましいひとやったみたいで、このひとが商売をはじめはってな。古着屋やったそうやけど。それがちょっとずつやけど軌道に乗っていって、千枝子さんも仕立て直しをしたりして一緒になって働いて、なんとか暮らしていけるようにならはったんやって。それでな――」

　鹿乃ちゃんは笑いました。

「好きやったひとと、再会したんやって。そのひと、ずっと千枝子さんたちの行方をさがしてたそうや。千枝子さんがいったいどうしてるか、気が気じゃなかったって。お兄さんと友だちやったそうなんやけど、お兄さんの商売のことが耳に入って、それでようやく居場所がわかったんよ。千枝子さんは、てっきり彼はもう誰かと結婚してるもんやと思てたけど、向こうは千枝子さんを必死にさがしまわってたんや」

「それで——そのひととはどうなったんだ？」

「結婚しはったそうや。再会したその日にプロポーズされたって」

青年は感心したように息をつきました。「大団円じゃないか」

「うん。それから千枝子さん、ブローチの行方を追ってみたけど、わからへんかったんやって。できればもう一度、手にとってみたかったんやけど、って残念がってはったそうや。ずっと大事にしよう、ってもらったときに決めてたのに、あのブローチを守ってあげられへんかった。わたしに力がなかったばっかりに。もう一度、手にとることができたら謝りたい、って言うてはったって……」

——ああ。

そんなことは、いいのに。守ってあげられなかったのは、私のほうなのです。私にもっと価値があれば、千枝子お嬢さまを助けるだけのお金ができたでしょう。家を売り、土地を追われずともすんだのです。千枝子お嬢さまが謝ることは、なにもないのです。私が望んでいたことはただひとつ、千枝子お嬢さまが幸せであることでした。どうか健《すこ》やかに、幸せであってほしいと願っていました。

よかった。

千枝子お嬢さまが幸せでいてくれて、ほんとうによかった。

「このブローチ、あのとき会えたのもなにかの縁やろうから、堤さんに譲ろうかと思たんやけど、いいって言われたんよ。千枝子さんは、どこかでいいひとがあのブローチを大事にしてくれてたら、それでいいって言うてはったからって。自分の手もとになくても、どこかで大事にされて愛されてたら、それがいちばんうれしい、って。いつもそう願ってるんや、って。……そやからわたし、千枝子さんのぶんまでこのブローチを大事にしようと思てるんよ」

千枝子お嬢さま。

私は、大事にされています。千枝子お嬢さまのようにやさしい手を持つひとが、慈しんでくれています。

千枝子お嬢さまの願いがかなったことが、私はうれしい。私の願いがかなったことは、私にとっての幸せです。

「きれいだな」

青年が私を見て言いました。うん、と鹿乃ちゃんがうなずきます。ほほえみ合うふたりに、かつての千枝子お嬢さまたちが重なりました。明るくあたたかなもので満たされた、幸福な時間。私はそれをもう、はかなくもろいものだとは、思いません。

白帝の匂い袋

鹿乃《かの》は匂い袋を持っている。古いものだ。芙二子《ふじこ》からもらったもので、芙二子もまた母親からもらったのだという。芙二子の母は、嫁《とつ》いできたときに姑《しゅうとめ》から譲り受けたのだそうだ。芙二子の祖母にあたるそのひとは、その匂い袋を夫から贈られたのだと、鹿乃は聞いた。

匂い袋は、今でも香る。すこし癖のある、いい香りだ。落ち着いた金茶の地に柘榴《ざくろ》、葡《ぶ》萄《どう》といった吉祥果《きつしょうか》と菊を織りだした錦《にしき》で作られている。

朝晩が涼しくなり、秋の気配がしてくるようになると、鹿乃はこの匂い袋を袂《たもと》に忍ばせる。動くたびほのかにただようにおいが、鹿乃を守ってくれているような気がするのだ。

この匂い袋には、白帝《はくてい》、という名がつけられていた。

＊

鈴《すず》が野々宮《ののみや》家に嫁いだのは、十六の秋だった。

嫁ぐといっても仰々しい輿入《こしい》れではなく、風呂敷包みをひとつ持たされただけで、花嫁衣裳もなければ嫁入り道具もなかった。

「嫁入り道具はあとで届けさせますからね」

にこりともせず継母《ままはは》は言って、鈴を急《せ》かしてともに夜汽車へ乗った。そうしてふたりは東京から京都へと旅立ったのだった。継母は女中もともなわずひとり鈴に付き添い、それは華族《かぞく》の奥方としては実に奇妙なふるまいだった。

鈴が本家に引き取られたのは半年ほど前のことである。母が死んで、わずかなたくわえは葬儀《そうぎ》代でなくなってしまった。看病のために飯屋の下働きも辞めていたので、まず明日からのご飯をどうしよう、と白木の位牌《いはい》を前に悄然《しょうぜん》としていた鈴を本家につれてきたのは継母である。父の本妻だった。父には一度目通りしただけで、あとのことは継母に任されていた。継母は鈴を女中部屋に置いて、表には出さなかった。

京都停車場――七条《しちじょう》ステンショと呼ぶそうだ――で汽車を降りて俥《くるま》に乗ると、千本一条《せんぼんいちじょう》に向かうよう継母は車夫に告げる。俥はぬかるんだ道の泥を跳ねあげ、北を目指した。

「御一新からこっち、京都はすっかりさびれたと聞いていたけど、ほんとうね」

汽車に乗っているあいだずっと黙りこんでいた継母は、つまらなそうにぽつりと言った。

鈴の目にも、見慣れた東京の街とは違い、辺りは古臭くうらさびしい田舎《いなか》町に映る。俥の走る通りの西側には森や田畑が広がり、東側に立ち並ぶ家屋敷は煤《すす》けたような木造の平屋ばかりだ。新しさを感じる西洋風の建築物といったら、さきほど降り立った駅舎くらいだった。

とはいえ、その風景は鈴が生まれ育った下町に近いもので、数カ月身を置いただけの父親の邸宅よりも近しく感じた。父の邸宅は押しつぶされてしまいそうな石造りの洋館で、冷たく分厚い石壁には息がつまるような心地がしたものだ。そこで女中として働き、いまは父の娘として嫁に出される。嫁ぐことが決められたのがいつかは知らないが、鈴に知らされたのは昨晩のことだった。世間一般の嫁入りがどんなものだか鈴もよくわかっていないが、おそらくこれがふつうでないことは、なんとなくわかっている。

——あんなことがなかったら、こんなふうに嫁に出されたりしていなかっただろうか。

でも、鈴だってもうあの家にはいたくはなかった。だから、追い立てられるようにして汽車に乗せられても、むしろどこかほっとしていた。もとより、継母に従うほか、あの家を出て鈴に行くあてなどないのだ。嫁ぎさきがどんなところだかわからなくても、すくなくとも食べるものと寝るところはある。鈴は背を丸め、風呂敷包みをぎゅっと抱えた。

千本一条の辻《つじ》を曲がり、継母は車夫に細かく指示を出す。さらに進むにつれて、人家はまばらになり、長らくひとの手が入っていないような竹藪《たけやぶ》や荒れ地が目立ってきた。俥がとまったのは、竹林と畑に囲まれた、妙に暗い感じのするお屋敷の前だった。高い生け垣のせいで屋敷の姿はよく見えない。しかし生け垣は端《はし》から端まで歩くだけで疲れそうなほど長く続き、門構えは瓦《かわら》を葺《ふ》いた立派なものだった。

継母は門を一度見あげると、

「ここが野々宮子爵のお宅ですよ」

と鈴をふり向きもせず言って、足を踏み入れた。鈴はあわててそのあとに続く。門を入ると、両側に楓《かえで》が植えてあった。まだ紅葉するには早く、かといって青葉の勢いはなく、褪《あ》せたような緑色をしていた。楓に松、梅と続き、玄関前にあるのは南天《なんてん》だった。その奥にある棕櫚《しゅろ》の葉が、ときおり吹く風に擦《こす》れてばらばらと音を立てている。さびしい音だと思った。

玄関は広くがらんとしていて、暗かった。鈴は一歩なかに入ったとき、ぞくりとして、首をすくめた。落ち着かなくて、桃割《ももわ》れに結った髪のほつれを直したり、一張羅《いっちょうら》の縞銘仙《しまめいせん》の袖《そで》を引っ張ったりして、継母に眉《まゆ》をひそめられる。鈴はうつむいて風呂敷包みを抱きしめた。

通された座敷で、鈴と継母はひとりの女性と向き合った。流水にあざやかな紅葉を描いた友禅《ゆうぜん》に源氏車《げんじぐるま》の帯を合わせたその女性は、継母よりやや年かさに見える。当世風のあげ巻きに結った束髪《そくはつ》がよく似合う、すっきりとした美しさのあるひとだった。その姿は、古風に丸髷《まるまげ》を結い、藍鼠《あいねず》の壁縮緬《かべちりめん》に渋い繻珍《しゅちん》錦の帯を締めた継母の出で立ちと対照的だった。羽織だけはふたりとも黒紋付きでそろっている。

ふたりは大して言葉を交わさなかった。

「それでは、よろしくお願いいたします」

継母は畳《たたみ》に手をついて、そう言っただけだった。相手のほうは、軽くうなずいて、ちらりと鈴を見た。鈴はびくりとして、継母にならって畳に手をつき、頭をさげる。鈴が頭をさげているうちに、継母は立ちあがった。衣擦《きぬず》れの音をさせて、鈴のうしろを通ってゆく。障子《しょうじ》を開ける音がして、鈴ははっと顔をあげた。

「奥さま――」

廊下に出た継母はふり返り、鈴を見おろす。眉をよせていた。「お母さま」鈴は言い直した。

「あの」

「今日からあなたはここの嫁です」

ぴしゃりとした口調で継母は言った。

「ここにいれば大丈夫ですから、安心なさい。樹下《きのした》の家に戻ってくるんじゃありませんよ」

それだけ言って、継母は鈴の言葉も待たず障子を閉めると、足早に去っていった。残された鈴は障子をしばし見つめて、うつむく。畳に置いた自分の手を眺めた。か細く小さな手は乾いて荒れていた。あかぎれを繰り返す指は皮が厚くごわごわしている。

「鈴さん、てお言いやしたな」

鈴は肩を震わせて顔をあげる。今日はじめて会う姑は、美しいが、とっつきの悪い愛想《あいそ》のない顔をしていた。継母の能面のような顔とも違う、冷ややかさがあった。

「あわただしい嫁入りで落ち着かはらへんやろうけど、まあ、気を楽におしやす」

姑の声は、顔ほど愛想が悪くなかった。むしろ、どこか親しみを覚える軽さがあった。

鈴は目をしばたたく。姑は唇《くちびる》の片側をあげる。――笑ったらしい、と気づいたのは、一拍置いてからだ。

「華族やいうても、うちはよそさまとは少々違《ちご》てますさかい、そない緊張せんでよろしおす。そやな、ときどきびっくりすることはあるかもしれへんけど、たいしたことあらしまへん」

「びっくりする……？」

「季秋《すえあき》さんを紹介せなあきまへんな――ああ、そのまえにわたしの名前や。わたしは野々宮峯子《みねこ》。お母さんでもお母さまでも、なんて呼んでもろてもかましまへん」

あわただしい足音が聞こえてきたのは、そのときだ。足音は座敷の前でとまり、障子がすばやく開けられた。

「母さん、どういうことですか、僕の嫁が来たていうのは――」

障子を開けたのは、二十代半ばくらいの青年だった。鈴が今まで目にしてきた男性たちよりずっと背が高く、すらりとした身に品のある千歳茶《せんざいちゃ》の着流しがよく似合っている。青年は峯子と似た冷たさのある面《おもて》をしていた。氷のような、というよりは、秋口の水のはっとする澄《す》んだ冷ややかさだ。清々《すがすが》しさのある精悍《せいかん》な面ざしは、今は厳しく引き締められていた。

青年は鈴に気づくと言葉をとめ、けげんそうな表情を一瞬見せたが、すぐに顔を峯子に戻す。峯子は涼しい顔をしていた。

「どこにおいやしたん、季秋《すえあき》さん。ずいぶんさがしましたんえ」

「嘘《うそ》でしょう。ずっと部屋にいましたよ」

「まあ、そない怖い顔してたらこの子が怖がりますやろ。そこにお座りやす」

青年——季秋は鈴にまたちらと目を向けたが、言われたとおり峯子の近くに座った。野々宮季秋。名だけは、継母から聞いていた。三年前に亡くなった先代から爵位を継いで、子爵になったひとだ。つまりこの家の当主であり、鈴の夫となるひとだった。

「新しい女中ですか」

と彼が言ったのは、鈴をさしたものらしい。

「なにをお言いやすの。この子があんたも言うてたお嫁さんえ」

「は？」

膝《ひざ》に手を置いた季秋は、ぽかんとした。険しかった顔がそのときだけ崩れた。

「この子があんたのお嫁さん」ゆっくりと峯子は繰り返す。「樹下伯爵家のお嬢さんえ。鈴さんいわはるんや」

「……嘘でしょう」

「いややわ、それしか言われへんのどすか。もっと言葉を学ばなあきまへんえ」

季秋の顔がまた一段と険しくなった。

「まだ年端もいかん子供やないですか。なに考えてるんや」

「もう十六どす。そうどっしゃろ？」訊《き》かれて、鈴はこくりとうなずいた。痩《や》せっぽちで小柄な鈴はそう見られないことが多いが、十六であるのはたしかだった。季秋の眉間《みけん》の皺《しわ》が深くなって、鈴は肩を縮める。

「あほらしい。非常識にもほどがある。いきなりこんな子供をつれてきて、嫁にあてがうやなんて。いったいどういう取引をしたんですか」

季秋の声は厳しく、冷ややかだった。峯子のような気安さはかけらもない。

「縁組を取引や言わはるんやったら、そうとってもろてもかましまへん。いいご縁や思たからお嫁に来てもろたんどす。こうでもせんかったら、あんたはん、いつまでたっても嫁をもらおうとしやはらへんやろ」

「いいご縁て……金ですか」

「そうであろうとなかろうと、この子の前でそんな言葉を口にするんはやめなさい」

思いがけず、峯子は厳しい声を出した。さきほどの季秋よりも厳しい声だった。季秋は鈴のほうをうかがって、気まずげに目をそらす。

「安心おしやす。そんな話とはちゃいます。見てわかりますやろ、この子はええ子や。嫁にもろた言うても祝言《しゅうげん》はこれから整えなあかんさかい、三月はさきどす。先方からの嫁入り道具もあとから届くさかい」

季秋の顔は険しいものからいぶかしむものに変わった。

「ほな、整えてから嫁入りしたらええ話やないですか。なんでこんな急に――」

「出し抜けでないとあんたはんが逃げると思て」

季秋はあきれたようにため息をついた。

「こんな嫁入りがありますか。だいたい、君もそれでええんか」

急に話をふられて、鈴はまごついた。

「あの……あの」意見を求められたことがないので、なにをどう言っていいのかわからない。うろたえて、言葉がつっかえた。

季秋の顔がまた険しくなって、鈴はますます舌が縮こまる。怖かった。

鈴が沈黙したと同時に、障子の向こうからささやき声がする。

「あの子がお兄さまのお嫁さんやて」

「ええ、ほんまに?」

季秋が立ちあがる。ぱっと障子を開け放つと、「きゃっ」と高い声がした。見れば、きれいな着物を着た少女がふたりいる。ひとりは臙脂《えんじ》色の疋田絞《ひったしぼ》りの着物に菊を刺繡《ししゅう》した帯、もうひとりは深緑の蔦柄《つたがら》の着物に葡萄柄の染め帯。ふたりともよく似た年頃と背格好で、三つ編みの束髪《マガレイト》にリボンを飾った髪型もおなじ。涼やかな美しい顔立ちも似ていた。菊の帯の少女が若干、丸みを帯びた顔でやわらかな雰囲気をまとい、葡萄の帯の少女は頰《ほお》の線がすっきりとして、潑剌《はつらつ》としていると言える。が、ほとんど見分けがつかなかった。双子だと言われても納得する。

「夕子《ゆうこ》、夏子《なつこ》。ええ歳《とし》して立ち聞きなんてするんやない」

菊の帯の少女がぺろりと舌を出した。葡萄の帯の少女が不服そうに唇をとがらせる。

「お嫁さんが来てはる、てお兄さまに教えてあげたん、わたしらやのに」

「わたしらのことも紹介しとくれやす、お母さま」

季秋は渋い顔をしていたが、峯子は「ちょうどよろしいわ」とふたりをそばに招いた。

「こっちの菊の帯のほうが夕子。葡萄の帯のほうが夏子。季秋の妹どす。夕子は十九で、夏子は十八や」

「かいらしい子や」夕子がにこりと笑って、鈴のほうに膝を進めた。「なあ、あんたはん、なんでそんな女中みたいな格好しておいでやすの？」

「夕子」季秋がたしなめるが、夕子は聞いていない。夏子も負けじと鈴の前にずいと出る。

「嫁入り道具、ぎょうさん持ってきやはるもんやと思てたのに、あとでってなんでどす？」

「夏子」こちらも季秋がとめたところで、聞いていないようだった。

「いっぺんに訊いたらあかんえ。困ってはるやないの」夕子が夏子をとがめる。

「ほな、順番にお答えやす」夏子にうながされ、鈴は戸惑《とまど》った。

「ゆっくりでよろしおす」「そやそや」そう言われて、鈴は何度か呼吸を整える。ゆっくり、順番に。

「あの……わたしは、妾《めかけ》の子なので」

そう口にすると、一瞬にして空気が固まった。ふたりの少女は目を丸くしていたし、季秋は眉をよせる。鈴は狼狽《ろうばい》して、続ける言葉がどこかへ行ってしまった。

「まさか、それでこき使われてはったん？」

「ひどい。手がこんなに荒れてはるやないの」

夕子と夏子は口ぐちに言って、鈴のか細い手をとった。

「ああ、それで嫁入り道具もすぐには用意しやはらへんやなんて、いけずされてはるんや」

「本妻にいびられておいでやしたんやな。よう聞く話え」

いびられるというのがどういうことか、鈴にはよくわからなかった。手が荒れているのは昔からだし、本家で女中として働いていたのも、働き口が見つかってよかったくらいに思っていた。そう言おうと思うのだが、ふたりの少女は口を閉じることなくしゃべり続けるので、鈴が口を挟む余地がない。

「あの、いえ、あの」どうしたものか困っていると、「夕子、夏子」と季秋がしびれを切らしたように口を開いた。

「おまえたちがいるとまともな話にならん。もうさがれ」

「お兄さま、鈴さんとお話がしたいんどすな」

「なんやかんやお言いやして、気になってはるんやないの」

「出てけ」

季秋はふたりを座敷から追いだす。ひどい、と妹たちに文句を言われながら、季秋は障子を閉めた。

「まあ、あとはふたりでお話しやす」

「え?」

峯子まで立ちあがって座敷を出ていこうとするので、季秋はどこかあわてたように引き留めた。

「いや、待ってください。きちんと説明を——」

「わたしからあれこれ言うより、鈴さんからお聞きやしたほうがよろしおすやろ。屋敷も案内しておあげやす。それから鈴さんの部屋はあんたの部屋の隣に用意してあるさかい」

「このところ女中が隣を掃除してたんはそういうことですか」

「鈴さん、わからんことがあったら季秋さんにお訊きやす。もし季秋さんがいけずしやはるようやったら、わたしにでも夕子や夏子にでも遠慮のう、お言いやしたらええ。叱ってあげますさかい。——ほな、季秋さん、その怖い顔はやめて、やさしいしとくれやっしゃ」

峯子はそう言ってまた唇の片側を吊りあげると、座敷を出ていった。残された季秋は忌々《いまいま》しそうに顔をしかめていたが、あきらめたのか、しぶしぶ鈴の前に座った。

「それで?」

問われて、鈴は「え?」と顔をあげる。

「話の続きは。君が妾の子で、ほんで、どうしたんや」

季秋は不機嫌そうで、気に入らぬことを言えばすぐに怒りだしそうだった。だから鈴は途方に暮れる。なにを言えば怒らずに聞いてくれるのだろうか。

するとき季秋は当惑したように声を落とす。

「……泣かんでもええやないか」

そう言われて鈴はびっくりした。泣いてはいない。

「あの、泣いてません」

「今にも泣きだしそうや」

鈴は目もとを手でこすった。涙は出ていなかったし、出そうな気もしない。季秋の勘違いだ。だが、季秋はきまり悪そうに頭をかいた。

「きつい言いかたに聞こえたんやったら、悪かった。僕はまったく事情がわからへんさかい、訊いてるだけや。話を続けてくれへんか」

季秋は精一杯、口調をやわらげているらしかった。それでも硬さと冷たさは消えてなかったが、鈴は幾分気持ちがゆるんで、口もとからこわばりがとれた。

「あの……怒りませんか」

そう確認すると、季秋は「なんやて？」と眉をよせる。鈴の舌がまたこわばった。その顔を見て、季秋は面倒くさそうに「怒らへん」と言い、「今も怒ってへん」と付け足した。

「ゆっくり話したらええ」

ぽつりとそう言われて、鈴は小さく息を吐く。ゆっくりでいい、と言われるとほっとした。鈴は口のまわるほうではないし、相手が男性となると無意識のうちに体がこわばってしまう。とくに、こうして部屋でふたりきりだと。

「……わたしの母は、半年前に亡くなりました。それで、樹下の奥さまが、わたしを樹下の家につれてゆきました」

あったことだけを口にする。季秋のほうをうかがうと、黙ってさきをうながすので、鈴は続けた。

「わたしの父が樹下伯爵だと、そのときはじめて知りました。母は、樹下家の女中でした。わたしを身籠《みごも》ったあと、女中を辞めて、わたしをひとりで育てていたそうです。くわしいいきさつは、奥さまはお話しになりませんでした。わたしは下働きの女中として、使用人部屋の掃除と洗濯を任されました。父とは家につれてゆかれた日に一度会いました。母屋《おもや》には顔を出さないよう奥さまに言われていたので、奥さまともあまりお会いしてません。嫁入りの話を聞いたのは、昨夜のことです。それから奥さまにつれられて、ここに来ました。わたしもこれ以上のことはわかりません」

話し終えて、鈴は息を吐いた。長くしゃべったので、息があがった。懐手《ふところで》で話を聞いていた季秋は、「ふん」と軽くうなずいた。

「君の話は、わかりやすい」

つぶやくように言う。「ちゃんと話せるんやないか」

鈴は褒《ほ》められた気がして、頬を紅潮させた。褒められることは、あまりない。

「まあ、わからへんことがようけあるのには変わらへんけど。——ほんで、君はそれでええのか？」

「え？」

「突然こんなとこまでつれてこられて、今日からここの嫁や言われても、納得できひんやろ。いやと違うか」

いやとかいいとか、考える余裕が鈴にはなかった。とにかくあの家から離れられて、ほっとしていたのだ。

「……わかりません」

鈴は正直に答えた。きちんと答えられないことに悄然《しょうぜん》としたが、季秋は別段怒りも不機嫌そうにもせず、ただ「そうか」と言っただけだった。

「嫁入りの話は、急やったんやな？」

鈴はすこし考えて、「わたしが聞かされたのは昨夜です。でも、いつから話があったかは、知りません」と答えた。季秋はうなずいた。

「嫁入り道具が間に合《お》うてないんやから、あちらの家にとっても急やったはずや。準備が整うのを待たずに——あるいは待てずに君を嫁に出した。理由に思い当たることはあらへんか？」

思い当たること——。鈴は言葉につまって、うつむいた。視線が落ち着かずにさまよう。膝にのせた手を握った。なんだか息がうまくできない。鈴の顔色はどんどん青くなった。

「どうした」

驚いたように季秋は腰をあげて、鈴のほうに手を伸ばした。うつむいた視界に急に男の腕が伸びてきて、鈴は小さく悲鳴をあげる。逃げようとして立ちあがりそこね、倒れそうになったのを抱きとめられた。

「鈴」名前を呼ばれて、はっとする。——ここにいるのは、季秋だ。あの男ではない。

「どうしたんや。大丈夫か」

「あ……」

障子が開いた。

「鈴さん、どうかおしやしたん？　悲鳴が——」

夕子と夏子だった。部屋をのぞきこんだふたりは、季秋と鈴を見て目を丸くした。

「いやあ、お兄さま。嫁に来た言うても祝言はまだやのに、大胆やこと」

「あほなこと言うてる間に、布団を敷いてやれ。気分が悪うなったんや」

「あれ、たいへん」

「寝かせてあげな」

夕子と夏子は足音を立てて走っていった。季秋は腕のなかの鈴を見おろす。鈴は意識がぼんやりとしていた。

「東京から長い時間かけてここまで来たんや、疲れて当たり前や。休ませてやらんと、悪かったな」

季秋の声が遠くに聞こえる。今まででいちばん、やさしい声に思えた。鈴は首をふってなにか答えようとしたが、力が出なかった。季秋は鈴を横抱きに抱えて立ちあがる。ふわりと、どこかいいにおいがした。なんのにおいだろう。はじめてかぐにおいだった。花とも線香とも違う。雨上がりのような、樹木のような、清廉《せいれん》な芳香《ほうこう》だった。

「えらい軽いな」鈴を抱えた季秋の口から、驚いたようなつぶやきがもれた。緊張の糸が切れたのか、鈴はぐったりと力が抜けて、目を開けていられなくなる。運ばれてゆくなかで、季秋がかすかに言った声も耳を通り抜けていった。

「……この家がどういう家なのかも、知らされてへんのやろな」

鈴が目を覚ますと、辺りは暗かった。どこにいるのか、いったい自分はどうしていたのか、頭がぼんやりとしてすぐには思い出せない。

――そうだ、お嫁に来たのだった。

東京から、はるばる京都に。それで、ここは？

暗闇《くらやみ》に目が慣れてくると、天井が見えてくる。鈴は布団に寝かされていた。そろそろと起きあがる。闇のなか、障子が白く浮きあがって見えた。

そうだ、季秋《すえあき》と話している最中、気分が悪くなって倒れたのだ。ようやく頭がはっきりしてくる。自分の体を見おろすと、寝間着を着ている。白地に藍で桔梗《ききょう》を染めた浴衣《ゆかた》。鈴が風呂敷に包んで持ってきたものだ。寝かせるにあたって、誰かが着替えさせてくれたものらしい。見まわせば、部屋の隅《すみ》に文机《ふづくえ》らしきものがあり、そこに風呂敷に包んでいたものが置いてあった。暗いなかでもぼんやりと形はわかる。鈴はほっとしてそちらに四《よ》つん這《ば》いでにじりよった。暗闇より黒い色をしている。母の位牌である。それを胸に抱いて、息をつく。

「……嫁御が来たそうな……」

「ほんになあ……で……」

ぼそぼそと、声がする。鈴は障子のほうに顔を向けた。声は遠いような近いような、不思議な感覚がした。障子の向こう――いや、雨戸の向こうか。これほど暗いということはもう夜だろうに、外に誰かいるのだろうか。声はふたりで、しわがれている。鈴は立ちあがり、声のするほうに近づくと、障子を開けた。縁側は暗く、誰もいない。低い声は続いている。やはり雨戸の向こうだ。

「嫁御は知らんのじゃろ」

「知るわけがない。知ってたら、嫁に来るもんかい」

「そうさなあ。こんな化け物屋敷」

――化け物屋敷?

鈴は耳をすますが、声は低くてなかなか聞きとれない。嫁御だの嫁に来るだのと話をしているのだから、鈴のことを言っているのだろう。気になる。鈴はガラス戸をそっと開けて、雨戸に手をかけた。

「なにをしてるんや」

鈴はあやうく悲鳴をあげかけた。肩がびくりと跳ねる。ふり向くと、季秋がいた。彼も寝間着姿だ。彼は縁板《えんいた》が大きくきしむ音をあげるのもかまわず、大股で近づいてくる。鈴は思わず身をすくめた。それに気づいて、季秋はすこし手前で足をとめた。

「もう気分はええんか」

「は……はい」

礼を言わなくてはならないことに思い至り、あわてて頭をさげる。

「あの、ありがとうございました。寝かせてくださって」

「いや」と返す声はそっけない。

「それより、なにをしてたんや。外に出たいんか？」

鈴は雨戸のほうを見やる。もう話し声は聞こえなかった。

「あの……外に誰かいるみたいだったので」

「外に？」

季秋は雨戸をちらりと見て、目を戻す。

「気のせいやろう」

「え？　あの、でも、話し声が……」

「虫の声でも聞き間違えたんや」

「……でも」

そんなはずはない。虫の声とひとの声は間違えない。なぜ季秋はそんなおかしなことを言うのだろう。

「はよ部屋に戻れ。ここは冷えるさかい」

季秋はガラス戸を閉め、問答無用で鈴をうながす。鈴はいぶかしみながらも、季秋の有無を言わさぬ視線が怖くておとなしく部屋に戻った。

「僕の部屋は隣やさかい、なにか用があったら呼んだらええ」

ええな、と念押しして、季秋は障子を閉めた。しかたなく鈴は布団にもぐりこむ。さっきのあの声はなんだったのだろう。化け物屋敷って？　――そんなことを思いながらも、一日の疲れがふたたび鈴を眠りへとすばやくいざなっていった。


「こっちの浅葱《あさぎ》の友禅はどうえ？　菊の花がかいらしいて、よろしおすやろ」

「この朱と白の鹿の子《かのこ》も似合わはるわ。帯はほら、紅葉にして、なあ」

夕子と夏子は、鈴の肩につぎつぎと着物を羽織らせ、かしましい声をあげている。畳の上には広げられた着物や帯であざやかな色の波ができていた。

「薄紅《うすべに》にもよう映えるえ。鈴さん、顔が小そうてきれいやさかい、淡い色目で細かい模様のにしたら、よう似合わはるんと違うやろか」

「どれがよろしおす？　好きなん選んどくれやす」

着替えのない鈴のために、ふたりのおさがりをくれると言うのである。おさがりといっても、鈴が触れたこともないような見事な着物ばかりだった。無造作に肩にかけられる着物に、鈴は固まるしかない。荒れた手で絹に傷をつけてはたいへんなので、ぎゅっと握りしめて腿《もも》にくっつけていた。

「やっぱり菊のんがよろしおすやろか。かいらしいて、鈴さんに合《お》うてはる」

「それやったら、帯はこの白繻子《しろしゅす》に菊の刺繡が入ったのがええわ。初々《ういうい》しくて鈴さんらしい」

どうえ、と訊かれても、鈴はただ力なく首をふるしかない。こんな高価なものをもらえるわけがなかった。あまりの上等さに気が遠くなりそうだ。ふたりはこれが気に入らなかったと思ったらしく、「ほな、あの紫のあててみよか」などと言っている。

「なんの騒ぎや」

障子が開いて、仏頂面《ぶっちょうづら》の季秋が顔を出した。

「いややわ、お兄さま。着替えの最中え」

「着替えて……なんやこの散らかりようは」

「散らかしてるんやあらしまへん、選んでるんどす」

澄まして言う夏子をじろりと一瞥《いちべつ》してから、季秋は鈴を見た。

「困ってるやないか。自分らが楽しんでるだけやろ。ひとをおもちゃにするんやない」

「ひどいこと。お兄さまがそない怖い顔して入ってきやはるから、鈴さんも困ってはるんやないの」

「そうや。おなごの衣装選びなんやさかい、お兄さまの出る幕やおへん」

姉妹にやっつけられて、分が悪い季秋が部屋を出てゆきそうになったので、鈴はあわてて声を出した。「あの」この姉妹をとめられるとしたら、彼くらいのものだ。

呼びとめられて、季秋は驚いたように鈴をふり返る。すがるような鈴のまなざしに、彼は困惑したようだった。「なんや」出された声は幾分小さく、どうやらやさしく問いかけようとしたものらしかった。

「あの……着替えはいいんです。町で古着を買ってきます」

姉妹には、何度もそう訴えたのである。しかし、「買いに行かんでも、ここから選ばはったらええやないの」「そうえ、遠慮することあらしまへん」とまるで聞き入れてもらえなかったのだ。

「金はあるんか」と季秋は短く訊く。

「樹下の奥さまがくださいました。あの、お給金と、奥さまからのご祝儀だと……」

すくなくない額だった。口止め料なのだろう、と、胸のなかを風が吹きぬけるような心地がしたものだ。

「そうか」とまた短く言って、すこし考えるように季秋は黙った。

「ほな、つれてったろか。古着屋やったら、千本通《せんぼんどおり》の辺りにいくらでもあるやろ」

ええ、と姉妹から不満の声があがった。

「ここにこれだけあるのに、買いに行かはるやなんて」

「つまらんやないの。せっかく鈴さんにあれこれ着てもらお思うてましたんに」

「おまえらのは華美すぎる。この子には合わん」

夕子がむくれた。「そんなことあらしまへん。いやなお兄さま、わたしらが派手好きみたいにお言いやして」

「これなんて、よう似合わはるえ」夏子もむきになったように浅葱色の友禅を鈴の肩にかけた。「買いに行くにしても、ここの着物を着て行かはったらよろしいわ」

「そうえ、せっかく出したんやもの」

季秋は面倒くさそうに眉をよせて、下に波打つ着物の数々を眺める。見まわして、そのなかから一枚、引き抜いた。紺地の御召《おめし》だった。

「あれ、そんな地味なん」

「暗い地色のんが欲しなって作ったけど、一遍《いっぺん》しか袖通さへんかった御召え。鈴さんにはもっとええのが——」

季秋はその御召を鈴に羽織らせた。紺地に白い十字絣《じゅうじがすり》を散らしてある。それを羽織った鈴を見たとたん、あれこれ言っていた姉妹がつと口を閉じた。

「……悪うあらしまへんな」

「紺が白い肌に映えてきれいやわ。鈴さんが着はると十字の白も清々しいて、よろしおすな」

鈴も、華やかな友禅や手の込んだ刺繍ほど気兼ねすることのない着物に、すこしほっとする。しぼのある生地はしゃっきりと張りがあって、絹といっても繊細さより背筋が伸びるような強さを感じた。

「派手な装いの必要ない子や」

それだけ言って、季秋は卵色の帯を手にとる。菊を更紗《さらさ》風に描いた染め帯だった。

「帯はこれ。帯留《おびど》めは、象牙《ぞうげ》の小菊のがあったやろ。帯締めや半衿《はんえり》は帯の色と合わせたらええ」

そう指示をして、季秋は部屋を出ていった。夕子と夏子は顔を見合わせ、目を丸くしていた。が、すぐに支度にとりかかる。女中も呼んで帯締めやら帯揚《おびあ》げやらを出させては、これは色が濃いだの花模様が入ってるほうがかわいいだのとまたひとしきり騒いで、ようやく鈴が着替えられたのはすっかり陽《ひ》が高くなったころだった。

「ああ、ええわあ。お兄さまは趣味がよろしおすわ。もとから鈴さんのために誂《あつら》えたみたいえ」

「地味なんがかえって鈴さんの初々しさを引き立てるんやわ。帯がかいらしいのもちょうどええ。なんやこう、手をとって大事に守ってあげなあかん気になりますえ」

姉妹ふたりは満足げに着替えた鈴を褒めそやした。鈴はといえば、上等な着物を着せてもらって、昂揚感《こうよう》でぼんやりしていた。

「やっと終わったんか」うんざりした様子で女中に呼ばれた季秋がやってくる。鈴を見て黙ると、懐手にしばしその姿を眺めた。

「うん。よう似合《にお》てる」

何気ない言葉だったが、鈴は姉妹の過剰な褒め言葉よりもはっと胸をつかれて、頬が赤くなった。妙に気恥ずかしくなり、うつむく。

「お兄さまは趣味がええて言うてましたんえ」

「難しい本を難しい顔して読んではるだけと違《ちご》てましたんやな」

「ふだんは大学と家の往復しかしてはらへんし」

「家では論文だの研究だのお言いやして部屋に閉じこもってしまわはるし」

季秋はうるさそうに姉妹に手をふる。

「おまえらがうるそうてかなわんからや。――ほな、はよ行くで」

鈴に声をかけると、返事を待たずにさっさと部屋を出ていった。うつむいていた鈴は顔をあげて、あわててそのあとを追った。

屋敷の門を出ると、季秋は東のほうへと歩いてゆく。

「若い娘向きの古着屋を女中に聞いてきたさかい、そこにつれてったるわ」

そっけなく季秋は言ったが、わざわざ店を女中に訊いてくれたことに鈴は驚いた。

道中、季秋はなにもしゃべらなかった。鈴も黙って彼のあとをついてゆく。彼は今日、利休茶《りきゅうちゃ》の着物に山鳩《やまばと》色の羽織を合わせていた。彼の趣味がいいのかどうか鈴にはわからなかったが、その姿はきれいでよく似合っていると思った。

しばらく歩いていると、竹藪のなかにときおり人家がちらほらとある一帯から、人家のあいだに竹藪がある一帯へと変わる。家々の前で小さな子供が駆けまわっていたり、独楽《こま》で遊んでいたりする。赤ん坊を背におぶってあやしているねえやが季秋を見て、ぎょっとした様子で家のなかへと駆けこんでいった。買い物帰りらしい婦人もそんなふうで、荷を背負った行商人はあわてて道の隅へと避ける。

――なんだろう。

前を行く季秋は人々の反応もどこ吹く風で、涼しい顔をしていた。つまり、慣れた反応だということだ。

「化け物屋敷のだんなさまや」

通りを駆けていった男児が季秋を指さしてそんなことを言い、家から出てきた母親らしき婦人に耳をつねられて叱られていた。

——化け物屋敷。

昨夜、耳にした言葉だ。にわかに昨夜の不思議な会話がよみがえってきて、鈴は不安な気分になった。

「鈴」

名前を呼ばれて、顔をあげる。「こっちや」と季秋が顎《あご》をしゃくって通りを左に折れる。鈴は足を速めて季秋のあとを追った。

「歩くん速いか?」

駆けよってきた鈴に、季秋は尋《たず》ねる。「は……あ、いえ」鈴はふるふると首をふった。「そうか」と季秋は言ったが、足をゆるめてくれた。正直、ありがたかった。鈴の歩幅でついてゆくのはたいへんだったのだ。

曲がったさきの通りは、それまでと違ってひと通りも多く、活気にあふれていた。通りの両側にたくさんの店がひしめきあい、大きな看板やのぼりが立っている。小間物屋から袋物《ふくろもの》屋、紙屋に木綿《もめん》問屋、半衿屋、薬屋、等々。雑踏にまぎれて、耳慣れぬ音がするのはなんだろう。とまわりをきょろきょろしていると、「あれは機織《はた》りの音や」と季秋が言った。

「この辺は西陣《にしじん》やさかい、織屋がぎょうさんある。千両ヶ辻《せんりょうがつじ》て呼ばれる辻もあるくらいや」

「せんりょう……」

「一日に千両の荷が行き来するてことや」

途方もなくて、想像がつかない。それだけ栄えているということだろう。

「ひとも集まるさかい、それを目当てに店も多なる。にぎやかやけど、ぼんやりしてたら危ないさかい、気ィつけや」

「は……はい」まさにぼんやり周囲を眺めていた鈴はうなずいた。

季秋は小袖《こそで》を描いた看板をさげた店にすいと入る。ここが言っていた古着屋らしい。鈴も続いてのれんをくぐった。店先からずらりと着物が吊るされている。木綿が多いが、絹もあるようだ。若い娘向けというだけあって、明るい色柄の紬《つむぎ》などが目立った。左手に座敷があり、そこにも着物が山ほど積んであった。季秋が上がり框《がまち》に腰かけると、奥の座敷からひとが出てくる。初老にさしかかった痩せた男性だった。この店の主人らしい。縞《しま》の着流し姿で、肩や胸が痩せているせいか、「薄い」という印象のあるひとだった。鈴はなんとなく、紙で作った人形を思い起こす。そんな感じのひとだ。

「あれま、野々宮子爵やおへんか。これはわざわざお越しくださって、おおきに」

店主はひどく恐縮したように手をついた。季秋はけげんそうにする。

「どこかで会《お》うたやろか」

「へえ、子爵さまと違《ちご》て、大奥さまに先日お世話になりましたんどす」

「ああ……」季秋は困ったような、気まずげな顔で目をそらした。「そっちか」とつぶやく。

「こないな商売してますと、ときどきあるんどす。いや、ほんまにもう、助かりました。仕入れた着物に、へえ、憑《つ》いてましたんや、これが」

店主は胸の前で両手をぷらぷらと揺らした。鈴はすこし首をかしげる。なんだろう。

「買《こ》うていかはったお客さんが、つぎの日、真っ青になって駆けこんできましたんや。着物から血が滴《したた》る言わはって。そんなあほな、と思てたしかめたら、たしかに胸の辺りに、こう、血が染みてましてな。それが滴ってくるんどす。びっくりして取り落としたら、手にびっしり長い髪の毛が絡まってて……」

その場面が目の前に浮かぶようで、鈴は震えた。季秋は青白くなった鈴をちらりと見て、店主のほうに手をふる。

「そんな話を聞きに来たんと違うんや。着物が欲しい」

「え？　へえ、幽霊の憑いた古着ですやろか」

「ふつうのや」

眉をよせた季秋に、店主は冗談どす、と愛想笑いをして腰をあげる。

「女物ですやろか、男物ですやろか。子爵さまのとは違いますやろ？」

まさか子爵が古着は着まい、という顔で店主は尋ねる。「この子のや」と季秋は鈴を見た。

「へえ、こちらの嬢《とう》さんの」

店主は『どういう関係だろう』という目を一瞬見せたが、商売人らしくなにも訊くことはしなかった。にこやかな笑みを浮かべて、「どんなんがよろしおすか」と鈴ではなく季秋に尋ねた。

「銘仙はあるか？」

「へえ、銘仙はあまり……。あれは東のもんどっしゃろ。こちらではさほど好まれませんよって、うちでは仕入れへんのどす。すんまへん」

「ほな、御召と木綿を何枚か。あんまり色を使《つこ》てない、すっきりしたのがええわ」

少々待っとくれやす、と言い置いて店主が丁稚《でっち》とともに運んできたのは、季秋の希望どおりの品だった。木綿は広瀬絣《ひろせがすり》に弓浜絣《ゆみはまがすり》、御召は白地に紅梅色の矢絣《やがすり》、濃紺地に白い井桁《いげた》絣《がすり》――。「嬢さんには縞より絣のほうがよろしおすやろ」と店主はうきうきした様子で広げた着物と鈴を見比べる。「広瀬の大柄より、久留米《くるめ》の小柄がお似合いどっしゃろな」「久留米がええ」と季秋が応じる。「白がすっきりしてて清々しい」店主が心得たとばかりに藍地に白の絣柄《かすりがら》が冴《さ》えた木綿の着物を何枚も並べた。御召も同様に季秋と店主があれこれ言い合い、畳の上に広げる。夕子と夏子がやっていたのとおなじような光景になった。木綿の藍が海のようだ。

そのなかから季秋は最終的に五枚ほど選び、それに合う帯も見立てた。着物は一枚、帯は二本もあればいいと考えていた鈴は、あまりに無造作にたくさんの着物を選ぶ季秋にひやひやする。「どうや?」と訊かれても、鈴はそれがいいかどうかより、値段が気になった。訊いてもいいものだろうか。口ごもった鈴に、季秋は「ああ」と察したようにつぶやくと、「いくらや?」と店主に尋ねる。

「そんな、めっそうもない。お世話になっといて、お代をいただくやなんてでけしまへん」

店主は大仰《おおぎょう》に手をふった。「どうぞ、お代を頂戴《ちょうだい》するのはかんにんしとくれやす。お品はお屋敷のほうにお届けさせてもらいまっさかい」

店主はよほど季秋に――いや、世話になったという峯子に感謝しているようだった。なんなのだろう。鈴は疑問に思う。幽霊の憑いた古着があって――それを峯子がお世話した。

どういうことだろう。

鈴の疑問をよそに、季秋は店主に礼を言って店を出てゆく。鈴もあわただしく店主に頭をさげて礼を述べてから、季秋を追いかけた。

季秋は黙ったまま通りを歩いている。帰る方向ではなかったので、どこへ行くのだろう、と思ったが、鈴は黙ってあとをついていった。

ふいに季秋が立ちどまる。ふり返って、「腹減ってへんか」と訊いてきた。そういえば、もうお昼どきだった。季秋もお腹《なか》がすいているだろう。そう思って、うなずいた。

「食べたいもんあるか？」

「いえ……」鈴は首をふる。

「嫌いなもんは？」

これにも首をふった。「そうか」と言って季秋は辺りを見まわすと、近くにあったうどん屋に入っていった。

さほど広くない店内はお昼どきとあって混んでいる。季秋は空いている席について、鈴も向かいに座った。母が生きていたころ鈴が働いていた飯屋に近い店で、騒々しさに落ち着く。だしのいいにおいがただよっていて、鼻をすんすんさせていると季秋がすこし目もとをやわらげた。笑った——とまではいかないが、表情のやわらかさに、鈴はちょっとどきりとした。なぜどきりとするのか自分でもわからない。びっくりしたのだろうか。顔が赤くなって、うつむいた。

季秋はきつねうどんを頼んで、鈴は素うどんを頼もうとしたら、「君はもっとようけ食べたほうがええ」と言われていなりを追加された。

「歳のわりに、体が軽すぎる」

「軽い……?」

どうして軽いとわかるのだろう、ときょとんとしていると、

「まさか、覚えてへんのか?」

と言って、季秋は気まずそうに頭をかいた。

「あの、なにをでしょうか」

「いや、いい」

突き放すように言われて、鈴はそれ以上訊けなくなってしまう。しゅんとしていると、季秋が「怒ったわけやない」と困ったように言った。

このひとはすぐ困った顔をする、と思った。鈴が落ちこんだり、泣きそうだったりすると。

——やさしいひとだ。

鈴が怖がらないよう声を落として、歩く速度をゆるめて、腹が減ってないかと気遣い、嫌いなものはないかと訊いてくる。季秋はちゃんと鈴を見ている。

不思議な安らぎがあった。このひとは、怖くないひとだ。そのことにたぶん昨日から、鈴は気づいていた。

「君は、きょうだいはいやはるんやったか」

話の接《つ》ぎ穂《ほ》をさがしてか、季秋がそんなことを訊いた。

「……え」

「異母きょうだいてことになるんやろうけど。樹下伯爵は、たしか息子さんがいやはったな。違《ちご》たやろか」

「……いえ……そう……」

鈴はうまく言葉が出ない。父には、嫡男《ちゃくなん》がひとりいる。庶子《しょし》はほかにもいるのだか知らない。嫡男は、二十歳《はたち》だ。父とよく似て、女癖がひどく悪いと言われていた。

『父の娘かどうかなんて、わかったものじゃない』

声がよみがえってきそうで、鈴は手を握り合わせた。

『どのみち半分しか血はつながってないんだから、かまわないけどな』

あのときの彼は、吐く息から酒と食べ物が腐ったようなにおいがした。

『知ってるか？　大昔はな、母親さえ違っていれば、兄と妹でも契《ちぎ》ることが許されていたんだぞ』

そんなことを言って、下卑《げび》た笑いを浮かべていた。

「鈴」

はっとする。顔をあげると、季秋がただ鈴を見ていた。

「気分悪うなったか」

季秋の問いかけは静かで、気遣いも勘ぐりもよけいな感情のなにもないただ静かな声だったので、鈴はこわばっていた体から力が抜けた。ほっとする。息ができる。

鈴は首をふった。

「うどん、食べられそうか」

ちょうどそう言ったときに、ふたりの前にうどんといなりが運ばれてきた。だしのいいにおいがする。とたんにお腹が空腹を思い出したように小さく鳴ったので、鈴は顔を赤らめてあわてて箸《はし》を手にとった。湯気がやわらかく顔にあたるとなんだか懐かしいような、不思議な心地になる。あたたかいものと懐かしいものはおなじなのかもしれない、と思った。東と西ではつゆの味が違うと聞いていたが、だしがきいていておいしい。ふうふう言いながら熱いうどんを食べる鈴を、季秋はなにも言わずしばらく眺めていた。そのうち自分も箸をとって食べはじめる。鈴はつやつやとしたこぶりのいなりにも箸を伸ばしてみる。ひとくち噛《か》むと、揚げにたっぷり染みこんだ甘めのたれが口のなかににじみでた。それが包まれた飯粒と絡み合う。舌に染みこむ甘みに、不思議と母を思い出した。

元来、小食なので食べきれるか不安だったが、気づいてみればあっというまに平らげていた。こんなにおいしいご飯ははじめてかもしれない。そう告げると、季秋は「そうか」とちょっと笑った。

あ、笑った、とびっくりした。その笑いかたはさすがに親子らしく峯子にすこし似ていたが、峯子よりもやわらかく、やさしかった。鈴は、うどんといなりでいっぱいになったお腹とはべつのところが、おなじようにふくらんでぱんぱんになったみたいだった。胸の辺り。そこがふくらんでいっぱいになっている。そのせいなのだろうか、鼓動が速くなってどうしていいかわからないのは。

食事を終えると、代金は季秋が払った。自分で払うと言うと、「大人が子供をつれてきたんやから、大人が払うのが当たり前や」と季秋は言った。それで、鈴はこれまでの彼のやさしさの正体を知ったように思った。

子供。そういえば、最初に会ったときから彼は言っていたのだ。『まだ年端もいかん子供やないですか』と。鈴が子供だから、彼は不慣れながら極力やさしく接しようと腐心してくれていたのである。

なんだろう。さっきふくらんでいっぱいになった胸が、しぼんでいった。どうしてこんな、さびしいような気分になるのだろう。

「ちょっと待っててや」

帰り道、季秋はそう言い置いて鈴のそばを離れた。通り沿いにある饅頭屋《まんじゅう》に入ってゆく。饅頭を買って帰るつもりらしい。所在なく道の端に立って、鈴は通りを行き交うひとを眺めた。あいかわらずひと通りは多い。西陣へ向かう商売人らしいひともいれば、通り沿いの店を利用するふつうの客もいるし、花籠《かご》を頭にのせた行商人の娘も通り過ぎる。筒袖《つつそで》の藍木綿に紺絣《こんがすり》の前掛けをつけたその花売りの呼び売りの声は、雑踏のなかで清々しく耳に通った。

そうしたものを見るともなしに眺めていた鈴は、ひと混みのなかに見覚えのある顔を見つけて、ぎくりとした。

——いや、まさか。見間違いだ。

ここで見るはずのない顔だった。見たくもない顔だった。東京にいるあの男が、こんなところにいるはずがない。鈴は息を殺して、周囲に目を配った。ふたたびあの顔は見えない。やはり、見間違いだ。

そう思ったところに、そばで声がした。

「やっと見つけた」

背筋が凍りつく。粘つくような男の声。ふり返ることができない。あの夜の酒くさいにおいがただよってきそうだった。

「俺から逃げられると思ったのか？」

男の手が肩に置かれる。その瞬間、はじかれたように鈴は駆けだした。なにも考えられなかった。ただ、逃げなければ、と体が反応したのだ。

ひと波のあいだを縫《ぬ》い、やみくもに走る。野々宮家への帰り道がどうだったか、思い出している余裕はなかった。道を曲がって、路地に入る。ひと通りが減って走りやすくはなったが、そのぶんさびしい道だった。細い路地には家もあったが、竹藪も多い。京の町はあちこちにすぐ竹藪があるようだった。奥へと走れば走るほど、ひと気がなくなる。そのことに鈴は焦った。追ってくる足音はしないから、ちゃんと逃げられてはいるのだろう。このまま、野々宮家のある道に出られればいいのだが――。そう思ったときだった。目の前にひと影が飛びだしてきて、鈴は悲鳴をあげて足をとめる。腕を折れるかと思うほど強くつかまれた。

「京都の道は便利だな。先回りするのが簡単だ」

黒地の上着に白い立ち襟《えり》シャツ、首もとにはタイと、まだめずらしい洋装の男だった。整髪料でなでつけた髪は走ったせいか額《ひたい》に垂れている。顔立ちは端整なのにもかかわらず、目と口もとに好色さと品のなさがにじんで彼を醜悪《しゅうあく》に見せていた。伯爵家という生まれと育ちのよさがありながら、どうして彼のようになってしまうのだろう。

樹下伯爵家の嫡男、元晴《もとはる》だ。鈴の異母兄である。

「どうして……」ここに、と言いたかったが、歯が震えて言葉にならない。ここは東京から遠く離れた京都だ。もう二度と会うことなどないと思っていたのに。

「どうしておまえを見つけられたのか知りたいのか？」元晴は品のない笑みを見せた。「おまえがあの女につれられてこそこそ屋敷を出ていったから、うちのやつらに訊いたんだよ」

あの女、というのは鈴の継母、彼の実母のことだ。彼の目を盗んで屋敷を出たはずが、気づかれていたのだ。

「おまえが華族に嫁入りだって？　笑えるな。身のほどを思い知らせてやらないといけないと思ってさ。俺の玩具《おもちゃ》になるのがせいぜいなのに」

――それで、京都まで追ってきたというのだろうか。

鈴は足もとから震えが走る。この男の異常さはわかっていたつもりだったが、ここまでだと思わなかった。

元晴は鈴をそばの竹薮に引きずりこんだ。成人男性とか細い鈴では力の差は歴然としている。いったん元晴の腕にとらわれてしまえば、逃れようがなかった。前のときとおなじように。

突き飛ばされた鈴は地面に倒れこみ、その上に元晴がのしかかる。

「こないだは途中で邪魔されたからな。俺は獲物《えもの》をとり逃すのがいちばん我慢ならないんだよ」

だからといって、京都まで追ってくるなどあり得ない。ふつうではなかった。元晴の異常な執着に鈴は心底おののく。

鈴は覆《おお》いかぶさってくる元晴の体の重さと、血走った目がおそろしかった。舌舐《な》めずりするけだもののようだ。荒い息を吐く彼の口に牙が見えるような気がした。それで鈴の喉《のど》笛《ぶえ》は嚙み切られてしまうだろう。元晴の汗ばんだ手が着物の裾《すそ》を割って腿を這《は》いあがってきたとき、鈴は胸の底が冷えて体がうまく動かなくなった。悲鳴をあげたいのに、あまりの恐怖に喉がふさがってかすかな声すら出てこなかった。

白い閃光《せんこう》がまたたいたのは、そのときだった。光が飛んできたように思ったが、つぎの瞬間には破裂して、視界が白くなる。あまりのまぶしさにぎゅっと目を閉じた。

「ぎゃっ」

獣《けもの》があげるような声がして、鈴の体にのしかかっていた重みが消える。鈴はまぶしさでまだ目が開けられなかった。逃げ去ってゆくような足音がする。代わりに近づいてくる足音も。

「大丈夫か、鈴」

季秋の声だった。鈴はゆっくりとまぶたをあげる。血相を変えた季秋の顔が見えた。はじめて見るそんな顔に、鈴は一瞬状況を忘れた。それくらい季秋は狼狽していた。

季秋は羽織を脱いで鈴の脚《あし》にかける。白い腿がむきだしになっていて、鈴はあわてて裾を直した。揉《も》み合ったせいで草履《ぞうり》が脱げて足袋《たび》は汚れていたし、たぶん着物も帯も汚れてしまっただろう。夕子と夏子が用意してくれたものなのに。季秋が選んでくれたものなのに——。

「怪我はしてへんか?」

鈴は歯を食いしばり、こくりとうなずいた。口を開くと涙がこぼれてきそうで、きつく唇を合わせる。悔しさと惨《みじ》めさで、手を握りしめた。蹂躙《じゅうりん》されるがまま、なすすべのなかった自分の力のなさが悔しく、惨めだった。泣いてしまったら、ますます自分が惨めな弱い生き物になってしまいそうで、震える歯を必死に噛みしめた。

季秋が鈴の頬を指でぬぐった。土がついていたらしい。彼の指はそれから乱れた髪をなでつけ、整えてくれる。季秋の手はやさしかった。元晴の手はただ獲物を押さえつけ、なぶるだけのものだった。

季秋は散らばっていた草履を拾う。片方の草履は鼻緒《はなお》が切れていた。突き倒されたときか、揉み合ったときに切れたようだ。草履は夕子が着物に合うからとくれたものだった。

しんとしたかなしみが鈴の胸を突いて、思わず口を開いた。

「ごめんなさい」

鼻緒の切れた草履を手に、季秋が鈴を見た。

「せっかくくださったものなのに……着物も……帯も……」

ぽとりと雫《しずく》が手に落ちる。一度こぼれ落ちればとめどなく、鈴の瞳《ひとみ》から雫は滴った。

季秋は息をつめて、しばらく言葉もなく鈴を見つめていた。

「……こんなん、鼻緒は直せるし、着物も帯もちょっと土がついたくらい、どうってことあらへん」

絞り出すように、かすれた声で季秋は言った。「気にせんでええ」

懐から手ぬぐいをとりだすと、鈴の頬を拭き、濡れた手をぬぐった。そのまま鈴の手に手ぬぐいを握らせる。代わりに草履を懐に入れて、鈴の背中に手を回した。が、その手をとめて、「触ってもかまへんか？」と訊いてくる。まるで壊れやすい大事なものにでも触れるかのようなその声音《こわね》に、鈴は胸が震えて、思わずうなずいていた。季秋は鈴を抱えあげる。そうされるとは思っていなかった鈴は驚いたが、季秋の腕のなかがあたたかくて、なにも言わずただうつむいた。

鈴を抱えて、季秋は歩きだす。鈴はほのかないい香りがするのに気づいた。季秋から香る。前にもかいだことがある気がした。清廉な、彼によく似合いの香りだった。

ふと、鈴はさきほど元晴が逃げてゆく前に白い閃光がはじけたことを思い出した。あれはなんだったのだろう。

「……あの、季秋さま」

「え？」

驚いたように季秋は鈴を見おろした。そういえば、名前を呼んだのはこれがはじめてだった。その名は自然と鈴の舌にのってすべり出てきた。

「わたしを助けてくださったとき、白い光がしたのは、なんだったのでしょうか」

季秋はしばし沈黙する。

「光なんかあったやろか。あの男は、僕が駆けつけたのを見て逃げだしたんや」

「でも……」

あんなまばゆい光が幻だったとでもいうのだろうか。それに、あの獣のような叫び声はなんだったのか。元晴の声とは――とてもひとの声とは思われなかった。

「鈴」と季秋は低い声で呼びかける。

「言いたなかったら、言わんでもええ――あの男は、知り合いか？」

鈴は一度息をのんで、そろそろと声を出した。

「……樹下伯爵の……父の、息子です。わたしの、兄です」

口にすると、おぞましさがつのった。季秋はうなるように口のなかでなにかつぶやいたが、なんと言ったかは聞こえなかった。そしてそれ以上、くわしいことを訊いてこようとはしない。そのことに鈴はほっとした。季秋の腕のなかで話したいことではなかった。ただ、ささやくように言う。

「まさか、京都まで追いかけてくるなんて、思ってもみなくて……」

か細い声をさらに細くして、鈴は黙る。――元晴はまた来るだろうか、と思ったのだ。来るだろう。獲物を逃すのは我慢がならないと言っていた。思うさま鈴をなぶりものにして食らいつくすまで、彼は執拗《しつよう》に追いかけてくるだろう。

あらためて、鈴は震えた。暗い淵《ふち》に引きずりこまれる心地がした。逃れられないのだろうか。鈴を抱いて運んでくれている季秋の顔を見あげる。鈴が逃れられないならば、このひとまで暗い淵に巻き添えで引きずりこむことになる。

「あの……兄は、またやってくると思います」

「まあ、そやろな。京都まで来るくらいやから」

「わたし、すぐに出て行きますから――」

季秋は足をとめて、眉をよせて鈴を見おろした。

「うちを出て、どこへ行くんや。行くとこなんかないやろ」

「……でも……」

「うちのことは気にせんでええ。君のことも放りださへん。僕が守るさかい、頼ってくれたらええんや」

――このひとを怖いひとだなどと、どうして一度でも思ったのだろう。

怖いひとでも、冷たいひとでもない。鈴は目の辺りが熱くなって、唇を引き結ぶと鼻から息を吸いこんだ。季秋から香るいいにおいが胸に満ちる。

「……あの、これ――この香りは、なんですか?」

季秋の顔を見ることができずに、鈴はうつむいたまま尋ねる。ああ、と季秋は言った。

「匂い袋を袂に入れてるんや。においきついか?」

「いいえ、とても……いいにおいだと思って」

「そうか。これは母から持たされてる御守《おまもり》なんや」

「御守……？」

「そう。これがあったさかい――」季秋は言葉をとめる。「いや、なんでもない。気に入ったんやったら、これは君にやる」

「えっ」驚いて鈴は顔をあげる。「そんな、大事な御守なのに」

「御守やさかい、君が持ってたほうがええんや」

よくわからず、季秋の顔を見つめる。彼は前を向いたまま、「これが君を守ってくれるやろうから」と言った。

「あの男な、あれは、……ただのひとと違うで」

鈴は目をしばたたく。どういう意味だろう。あの兄がふつうと違うのは、よくわかる。尋常《じんじょう》ではない。

どういう意味ですか、と訊いても、季秋は答えなかった。

野々宮家の屋敷に戻ると、鈴は汚れてしまった着物を着替えた。藍木綿に白と浅葱の小《こ》柄絣《がらがすり》がすっきりと浮き立つ久留米絣に、杏《あんず》色地に麻の葉柄の染め帯を締める。先刻、古着屋で買ったものだ。もう届けられていたのだ。

鈴は部屋の隅、文机に置いた母の位牌を前に、季秋の言ったことを考えていた。

——ただのひとと違う。

思い出したくもない元晴の姿を鈴はなんとか思い浮かべてみる。端整な顔立ちを崩す獰《どう》猛《もう》な瞳、野卑《やひ》にゆがむ唇——鈴を組み敷いたときの目は、ひとを見る目でも、女を見る目でもなく、ただ捕らえた獲物をどう食らおうか楽しんでいる目だった。同時にひどく暗く淀《よど》んだ目だった。腐った水のような、濁《にご》って黒くなった目。生きた者の潑剌とした光は微《み》塵《じん》もなく、腐臭すらただよってきそうな。

思い出すだに寒気がして、鈴は背を丸めて両腕をさすった。

「嫁御はまだおいでか」

「いやはる、いやはる」

そんなささやき声が聞こえて、鈴は顔をあげた。——昨夜聞いた声だ。

ぼそぼそと話す声が庭のほうから聞こえる。鈴は思わず立ちあがると、縁側に出た。

広々とした庭にひと気はない。正面に池があり、ほとりに植えられた楓の古木が水面《みなも》に影を落としている。池までは飛び石が置かれて、その周囲は苔《こけ》に覆われていた。初夏頃にはさぞ美しいだろう苔も今はところどころ枯れはじめていたが、かえってそれがこの屋敷の風情に合っている気もした。静かで侘《わび》しい、秋の似合う屋敷だ。

「かわいらしい嫁御ぞ」

「わしはまだ見たことがない」

声はするのに、ひと影はない。どこで、誰が話しているのか。木々に隠れて庭師や下男がしゃべっているのか、生け垣の向こうで近所の住人が立ち話でもしているのか。

鈴は踏み石に置いてあった下駄《げた》をつっかけて、庭におりた。飛び石を踏んで、池のそばまで近づく。周囲を見まわしてみたが、やはりひとの姿は見えなかった。葉擦れと鳥の鳴く声がする。ふいに笑い声が響いて、鈴はびくりと震えた。

「嫁御がおいでなすった。かわいらしいのう」

「うまそうじゃ。食うてもええのか？　頭からばりばりと」

「もう二、三年待ったほうがいいじゃろう。今は肉がすくなそうじゃ」

すう、と鈴は青くなった。わけもわからぬ声の主たちが、鈴を食べたがっている。

「――どうした？」

うしろから声をかけられて、鈴は、きゃあ、と小さな悲鳴をあげた。口を押さえてふり向くと、季秋《すえあき》が立っていた。涙目の鈴に、季秋は表情を硬くする。

「どうしたんや。またなんぞあったんか」

「いえ――いえ、あの、声が」

鈴はおろおろと辺りを見まわす。「やっぱり、声がするんです。虫の声じゃありません。わたしを……わたしを、食べるって」

もう、なにがなんだかわからなかった。皆が鈴を食らおうとする。ここしばらく疲弊《ひへい》しきって張りつめていた心の薄膜が、ふつりと破れてしまったようだった。なかから混乱の波があふれてくる。「頭からばりばりと食べるって――」鈴は子供のようにおびえて、しゃくりあげた。

「鈴」

季秋が鈴の両肩をつかんだ。鈴の顔をのぞきこむ。鈴はびっくりして、ぴたりと口をつぐんだ。

「大丈夫や。そんなん、おどかしてるだけやさかい。あいつらは君を食べたりできん」

「……あいつら？」

季秋は周囲をじろりとにらみつけた。

「ここにはいろんなもんが棲《す》みついてる。古くから野々宮の別邸やったけど、明治《めいじ》になるまで長いことほったらかしやったさかい、こっちを舐めてるんや。ときどきつまらんいたずらをしよる」

鈴はぽかんと季秋の顔を眺めた。「え……？」

「そやけど、さして害はないもんやさかい、そない怖がらんで大丈夫や。ほんまにひとを食ろうたりはしいひん。君をからかってるだけや」

鈴は季秋の言葉をゆっくり胸のなかに落としこんだ。いろんなもんが棲みついてる——いたずらをしよる……。

「……化け物屋敷って」

何度か耳にしたその言葉をぽつりとつぶやくと、季秋が顔をしかめた。

「ほったらかしにしてるあいだに、すっかりそんな評判が定着してしもとったんや。誰もいない屋敷から話し声が聞こえるだの、火の玉が飛んでただの……。まあ、ほんまのことやしな」

苦々しく言って、頭をかく。

「この屋敷に移ってきたんは、母の代からなんや。それまでは公家《くげ》は公家町に……御所の近くに住んでたさかい。婿《むこ》をとった母が荒れ果ててたこの屋敷に手を入れて住みはじめたわけやけど、化け物屋敷て評判はなかなか消えへん」

鈴は目だけで辺りを見まわした。——あれでは、無理もない。そう思った。

「……でもまあ、そう怖いもんでもないさかい。大丈夫や」

季秋はまたそう繰り返した。大丈夫や、とこのひとが言うたび、鈴は落ち着いてくる。

荒波がすこしずつ静かになってゆくようだった。

「ああ、そや」季秋は袂に手を入れる。なにかをとりだし、鈴の手にのせた。

「……これ」

小さな錦の袋だった。葡萄に柘榴、菊。そんな秋の模様が織りだされている。秋に似合いの金茶の地色だった。その袋からは、ほのかにいい香りが立ちのぼる。水を含んだ樹木のような、清廉なにおい。――季秋のにおいだ。

「さっき言うてた、匂い袋や」

「御守の……？」

そうや、とうなずく。

「持ってたらええ。秋の神さまがついてるさかい」

「秋の神さま？」

「そうや。秋を司《つかさど》る神さま。それを『白帝』ていうんやけどな」

白帝、とつぶやいて、鈴は匂い袋を見つめる。顔に近づければ、においが濃く香った。

「季秋さまのにおいがします」

そう言うと、季秋はちょっと目をみはった。

「あ――ああ。ずっと袂に入れてたさかい、染みついてるんや」

「いいにおい」と鼻をすんすんさせてにおいをかぐ。季秋の腕に抱きかかえられたときのようで、安らいだ。

「ほんとうに、いただいてもいいんでしょうか」

「こういうのは母がいくらでも作るさかい。――ああ、君は何月生まれや？」

「十月です」

「ほな、秋の神さまの御守はちょうどええな。僕も秋生まれなんや」

「そうなんですか」おなじ秋生まれというのが、妙にうれしくなった。

「おなじやな」と季秋も言う。「はい」鈴は匂い袋を胸に抱いて、笑った。

「あ」

「え？」

「あ――いや。なんでもあらへん」

やや狼狽したように言って、季秋は屋敷のほうに足を向ける。

「冷えてきたし、なかに入ったほうがええ」

「はい」

鈴も季秋のあとに続いて飛び石を踏んだ。そういえば、と思う。

――ここに来て、はじめて笑ったかもしれない。

胸に抱いた匂い袋が、なぜかあたたかく感じた。鈴は匂い袋を抱く手に力をこめる。においが強く鈴を包みこみ、守られているような気がした。

「……季秋さま」

踏み石から縁側にあがろうとしていた季秋は、ふり返る。「なんや?」

「あの……季秋さまは、前にお訊きになりましたよね。急な嫁入りに、思い当たる理由はないかと」

「ああ、訊いたな」

「理由は、兄だと思います。兄が、わたしを……」

あらためて口にしようとすると、舌が縮こまる。目を伏せて、「手籠《てご》めにしようとしたので」と小さく続けた。

「訊かれたときにお答えできなくて、ごめんなさい」

「謝らんでもええ」季秋は短く言い、それからまた継ぎ足した。「君が謝らなあかんことは、今まででひとつもない」

季秋は鈴の背にそっと手を添えた。

「なかにあがり」

胸に抱いた匂い袋のように、その手はあたたかかった。

季秋は鈴を彼の部屋へとつれていった。はじめて足を踏み入れる季秋の部屋は、畳の上に積まれた本でいっぱいだった。端にある文机にも本や紙がたくさん積み重なっている。部屋の手前近くに火をおこした火鉢があり、鉄瓶《てつびん》が置かれていた。季秋はそのそばに座布団を敷いて、鈴を座らせる。

「体が冷えたやろ」と言って鉄瓶の湯を急須《きゅうす》に注ぎ、お茶を淹《い》れてくれたが、熱すぎて飲めない。冷めるまで待つことにした。

「買《こ》うた饅頭を放りだしてしもたさかい、あとでおたきに買い直してきてもらうわ」

湯気を立てる湯呑《ゆのみ》を眺めて、季秋がぽつりと言った。おたきというのは、この屋敷に奉公している女中のひとりである。放りだしてしまったのは、鈴を追いかけるためだろう。

「ごめ――」

「君が謝らなあかんことはなにもないて言うてるやろ」

鈴は言葉に困って、膝にのせた匂い袋を手のなかに包んだ。

「それは袂に入れといたらええんやで」

使いかたがわからないと思ってか、季秋が言った。

「いえ、でも、あの……眺めていたくて」

季秋からもらったことがうれしくて、ずっと眺めていたかった。目を離すと、なくなってしまうんじゃないかという気がする。幻でないのをたしかめるように、指が自然と布地をなぞっていた。知らないうちに口もとがほころんでいる。

季秋はそんな鈴の様子を眺めてちょっと黙り、「そうか」とだけ言った。

そろそろいいかと思い鈴は湯呑に口をつけたが、まだ熱い。ふうふう息を吹きかけながら、ちょっとずつ飲んだ。

「……君の異母兄のことなんやけどな」

苦いものでも口に突っ込まれたかのような顔で、季秋は言いにくそうに口にした。

「は……はい」鈴は姿勢をただす。

「話したくもないかもしれへんけど、ちょっと訊いてもええか？」

鈴はうなずいた。

「彼は、もとからあんなふうなんか？　つまり、その――妹に狼藉《ろうぜき》をはたらくような」

鈴はすこし首をかしげる。「わたしは、半年ほど前にあの家に来ただけですから、よくは知りません。それに、兄と会ったのも一度だけで」

「一度だけ？」

「わたしの仕事は使用人部屋のある棟に限られてましたし、母屋には顔を出さないよう奥さまに言われてましたから……」

「ああ、そんなことを言うてたな」

「だから、半月ほど前まで兄に会ったことはありませんでした」

「……その、一度だけていうのは、まさか」季秋は眉をひそめた。

鈴は湯呑を両手で包んで、かすかに揺れるお茶の水面を見つめた。

「夜遅くに、兄の部屋に水を持ってゆくよう、女中部屋に連絡が入ったんです。お酒を飲んで帰ってきたところだったようで……そういうことは、たびたびありました。いつもは、兄のばあやさんが運んでいましたが、ばあやさんは持病で足を痛めていて、そのときも横になっていました。遅い時間でしたから、ほかにふたりいる女中も寝ていて……このひとたちもばあやさんとおっつかっつの歳です。樹下家には若い女中はわたし以外にいませんでした。奥さまがお雇いにならないのだそうです。――だから、わたしが代わりに持っていったんです」

ぽつりぽつりと、鈴は静かに語った。あの夜のことを、誰かに話したことはない。季秋は唇を引き結んで、黙って聞いている。

「わたしが水を運んでいったら、兄は驚いていました。わたしが誰だかは、知りませんでした。とても酔っていて……あの、腕をつかまれたので、わたしは妹だと――母親は違うけれど妹ですと言ったんです」

酒に酔って呂律《ろれつ》も回らない元晴が鈴にかけた卑猥《ひわい》な言葉は、とても季秋には聞かせられなかった。

「でも、兄はまったく頓着《とんちゃく》しませんでした。兄からは、酒のにおいと、なにか腐ったようなにおいがしたのを覚えています」

酒に酔っているとはいえ、兄の様子は尋常ではなかったと思う。目を血走らせてひきつった薄ら笑いを浮かべ、まるで――まるで、なにかに取り憑かれたような。

「水差しを落として割ってしまったので、その音で早いうちに奥さまが駆けつけてくださって、事なきを得ました。兄は下男が数人がかりで取り押さえても、暴れていました。獣のように吠《ほ》えていました。奥さまは……奥さまはわたしを侍女《じじょ》の部屋につれていって、怪我の手当てをしてくださいました」

「怪我?」

神妙に聞いていた季秋が、声を挟んだ。「怪我をしたんか」

「あの……殴られたので」季秋の瞳に怒りの色が閃《ひらめ》いた。鈴を襲った男が兄だと言ったときとおなじように、低い声でうめくように吐き捨てる。今度は聞こえた。「下衆《げす》が」

「怪我はそうたいしたことはなかったので」

鈴はあわててつけ加えたが、季秋は顔をしかめて髪をかきむしった。こらえるように目を閉じて額を押さえる。

「……それから、わたしは女中部屋には戻らず、奥さまのおそばで行儀見習いをすることになりました。その間も兄は何度かわたしを呼びつけようとしました」

鈴はそれを侍女部屋で耳にしたことがある。扉一枚へだてた廊下で鈴をさがして怒鳴り散らす声がして、鈴は部屋のなかで震えていた。

「それでもかろうじて、兄とふたたび顔を合わせることはありませんでした――今日まで」

「……そうか」季秋はかきむしって乱れた髪のまま、腕を組んで難しい顔をしている。

鈴は湯呑を口に運ぶ。お茶はほどよくぬるくなっていた。じんわりと喉から胃にかけてあたたかくなる。季秋が淹れてくれたものだと思うと、いっそう体のなかがあたたまる気がした。知らずひび割れていた心に、ゆっくり染みこんでゆくようなぬくもりだった。鈴は、自分の心が砕け散る寸前だったことを、今になって知った気がする。あまりにも突然の暴力に打ち砕かれたので、痺《しび》れたようにわからなくなっていた。それが季秋によって静かに癒《い》えてゆくことで、傷ついた心のかたちを知るようだった。苦しいようで、あたたかい。鈴を抱きかかえてくれた腕や、背に置かれた手は、鈴のかなしみにそっとぬくもりを与えてくれていた。

「……あ……」

お茶を飲みながら、ふと思い出したことがあり、鈴は口を開く。

「兄のばあやさんが、話していたことがあります、兄のことで。兄は、昔は今のようではなかったと——癇癖《かんぺき》の強いところはあったけれど、女遊びの激しい父を軽蔑《けいべつ》していて、お酒も女性関係も敬遠していたと言っていました」

ばあやは、嘆いていたのだ。彼女は兄を幼いころから養育してきたひとだった。

「それが、十七のとき事故にあって以来、変わってしまったと言うんです」

「事故？」

「バルコニーから転落したそうで……傷自体はかすり傷だったそうなんですが、一昼夜、目覚めなかったそうです。それ以降、がらりと性格が変わってしまって、父のような酒浸りの漁色家《ぎょしょくか》になってしまったと……」

季秋は腕を組んだまま考えこんでいる。鈴は、継母の横顔を思い出していた。あの夜、継母は兄についてひとことも言葉をもらさなかった。ただ無言で氷嚢《ひょうのう》を用意させて、鈴の殴られた頬にあてた。その瞳は氷のように冷えびえとしていた。下男に押さえつけられながらも暴れる兄のことも、おなじ瞳で見ていた。

「樹下伯爵家か……ちょっと調べなあかんな」

ぼそりとつぶやく季秋に、鈴はすこし首をかしげた。季秋は腰をあげる。

「ともかく、君は当分この家から出んことや。きっとあの男はこの辺うろついてるやろ」

ええな、と確認するように鈴の手の上に自分の手を置く。鈴の頬にさっと赤みが走って、季秋はわれに返ったように手を引っこめた。「すまん」

「いえ……」鈴は急いで首をふる。

「僕は母に話があるさかい、ちょっと外すけど、ここにいやはったらええわ。甘いもんでも運ばせるさかい」

口早にそう言って、季秋は部屋を出ていった。鈴は主《あるじ》のいなくなった座布団のへこみをすこしさびしい気分で眺める。膝にのせていた匂い袋を、また胸に抱きしめて、目を閉じた。芳香がただよう。眼裏《まなうら》に浮かんでくるのは、季秋の姿だった。


夜も更けてから、季秋は木刀を手に庭におりた。元晴がふたたび現れたときに備えて、素振りの稽古《けいこ》をするつもりだった。二十歳まで剣術道場に通っていたのだが、もうすっかりなまってしまっているだろう。しかし、酒色に溺《おぼ》れた男相手に腕っぷしで負ける気もしなかった。

庭のなかほどまで歩いてゆくと、葉擦れにまぎれてひそひそとささやく声がする。季秋はじろりと暗闇をにらみまわした。

「おい、これ以上あの子をおどかしたら、承知せんぞ」

しわがれた笑い声が響いた。

「ほう、ほう、坊《ぼん》がなにやら一人前に言いよるぞ」

「あの小さかった坊がのう、図体ばかりにょきにょきと大きいなりよって」

季秋は顔をしかめる。これだからいやなのだ。

「坊はあの嫁御に惚《ほ》れとるんじゃな」

「かわいい嫁御じゃからのう、もう骨抜きじゃ」

からかうような笑い声が風に転がる。季秋は彼らの悪ふざけには応じなかった。昔から、彼らは弱いところを突いてきては季秋をからかってきた。

――つまり、今言われたことは季秋にとって弱いところなのである。

季秋は木刀を構えて、よけいな雑念を払うよう、一心に振りはじめた。なまった体はすぐに重くなる。息もすぐにあがってきた。だが自分を痛めつけるように季秋は素振りを続けた。

鈴とはじめて会ったとき、季秋は怒っていた。だから、鈴はきっと怖い思いをしたに違いない。鈴は男をおそれていた。元晴のことがあったからだ。季秋のように不機嫌な男と部屋でふたりきりにされて、さぞ怖かっただろう。季秋の言葉ひとつ、動きひとつにおびえていた。

——当たり前だ。あんなことがあったら。

理不尽な暴力に踏みにじられた鈴の傷がどれほどのものか、季秋にはわからない。ただ、あのか細く小さな体に収まる彼女の心がその痛みにずっと静かに耐えてきたのだと思うと、季秋は苦しくなった。静かなのだ。鈴は声高に苦しみを訴えることをしない。今日、元晴に襲われたときも、鈴は泣くのをこらえていた。しかし草履が、着物が汚れてしまったことにはこらえきれずに、涙をこぼしたのだ。季秋は胸をつかれて、なんと言っていいのかわからなかった。

「……くそ……」

鈴の顔がちらついて離れず、季秋は腕をおろした。汗が額から、首筋から滴り落ちる。手ぬぐいで拭いても熱は消えない。秋の冷えた夜気が、火照《ほて》った肌にちょうどよかった。

どうしてもっと、やさしい言葉をかけてやることができなかったのだろう。最初に会ったときから、もっと気遣うことはできたはずだ。

妹たちがいるから、季秋は年下の娘のあつかいには慣れていると思っていた。だが、鈴はまるで勝手が違った。妹たちとはなにもかもが違うのだ。妹たちは、したたかで小生意気で、はずむような強さを持つ。そのどれもを鈴は持ち合わせていなかった。か細く小さく、だがまるきり弱いわけでもない。しなる柳のような強さを持つ娘だと思った。そうでなくては、ああまで静かではいられない。

――守ってやりたい、と思ったのだ。ああいう娘だから。

匂い袋を大事そうに胸に抱えて、鈴は笑った。あの瞬間の気持ちを、季秋はうまく言い表すことができない。季秋の胸にも喜びが宿ったように思った。匂い袋を袂に入れもせずうれしそうに眺める鈴を、かわいらしいと――いとおしいと思ったのだ。

季秋は澄んだ夜気を吸いこむ。秋の闇は清澄《せいちょう》で、ゆるぎない。冬の厳しさも、春のまどろみも、夏のゆらぎもない。秋の闇が季秋はいちばん心地よかった。

――そうか、あれは秋の娘なのだ。

清らかに澄んで、はかないようで、ゆるぎない。

ならば僕は、それが濁って傷つくことがないよう、守ってゆこう。

季秋はふたたび木刀を構えて、闇のなかに振りおろした。

翌朝も、季秋は早朝から木刀をふるっていた。ひと汗かいたところで、玄関のほうから訪《おとな》いを告げる声が聞こえた。こんな朝早くにやってくるとは、急用だろうか、と季秋は手ぬぐいで汗を拭いて庭から玄関に向かう。女中が応対していたのは、野々宮家とも懇意《こんい》である商家の使用人だった。彼は季秋に気づくと、「朝早《はよ》うからえらいすんまへん」と身をかがめて恐縮する。

「急用か？」

「へえ、今しがた、東京の樹下伯爵のお宅から電話をいただきまして」

「樹下伯爵から、そちらに？」

「うちのだんなさまとつきあいがあるんどす。それで、樹下伯爵から野々宮さま宛《あ》てに言《こと》伝《づて》を頼まれたそうで」

「ああ、うちには電話機はあらへんからな」

今のところ置く予定もない。必要を感じないからだ。この商家の主人は、新しいもの好きなのと便利だからというので、早々に電話機も設置したと聞いている。

「それで、言伝てなんや？」

「へえ、これどす」使用人は懐から文《ふみ》をとりだす。開いてみると、急いでしたためたのだろう、短い走り書きがあった。それにすばやく目を通して、季秋は眉をひそめる。

「……わかった。今返事を書くさかい、すこし待ってや」

部屋に向かうと同時に、女中に母を呼ぶよう言いつける。樹下伯爵への言伝をつづりながら、季秋は昨日峯子から聞いたことが頭をよぎっていた。鈴を部屋に残して、峯子に話を聞きに行っていたのだ。樹下家のことを。

——いやな予感がする。

これと関係あるのかどうか、わからないが——と、季秋は書いた文を折りたたむ。玄関に戻ると、峯子もすでにいた。

「何の用え？」

峯子もすでになにか察しているのか、呼びつけたことに不満をもらさなかった。季秋は文を商家の使用人に託してから、峯子に向き直る。

「樹下伯爵夫人が、東京にまだ帰ってきてへんそうです。うちに滞在してるかと伯爵から言伝で訊かれました」

樹下伯爵夫人——つまり鈴をここにつれてきた継母である。

「彼女はすぐにここを出たんですよね？」

「そうえ」峯子はうなずく。あまり表情の変わらないひとだが、このときばかりはすこし目をみはっていた。

「こちらにはいないと返事を出しました」

それをしたためた文がさきほど使用人に渡したものである。使用人は主人に文を届けるべく、すでに立ち去っている。

元晴が鈴を追って現れ、夫人は消えた。どういうことだろう。

「彼女をさがしに行きましょう。いやな予感がする」

季秋は峯子とともに、門を出た。


その日の朝、鈴は季秋が出かけていった理由を知らなかった。

「まだ仕立ててへん反物《たんもの》があるさかい、見とくれやす」

夕子と夏子は鈴の手を引き、彼女たちの部屋へとつれていった。畳の上に広げられる反物に、鈴はまたしても圧倒される。

「昨日はお兄さまが鈴さんの着物をお選びやしたから、今日はわたしらに選ばしとくれやす」

「地味なんもよろしいけど、やっぱり華やかなんもお作りやしたらよろしおすえ」

ふたりはうきうきと反物を手にとる。季秋は峯子とともに朝から出かけていた。「悪いけど、夕子らにつきおうたってくれ。好きなようにさせたらそのうち満足するさかい」と季秋は鈴に言い置いて出ていった。加えて、絶対外には出ないように、と何度も厳命するのを忘れなかった。

「お兄さまが何遍も鈴さんに『外に出たらあかんで』てお言いやすの、面白うおしたな」

「心配でたまらんのどすな。あないなお兄さま、はじめて見たえ」

夕子と夏子はくすくす笑い合う。

「季秋さまは……、わたしが子供だから、とても気を遣ってくださいます」

鈴がそう言うと、夕子と夏子は顔を見合わせた。

「子供やから……？　そやろか、お兄さまのあれは」

「鈴さんがかわいてしゃあない、ていうのんはよう伝わってきますえ」

かわいい――子供だから？　鈴は目の前に広げられた裏柳《うらやなぎ》の縮緬を眺める。染《そ》め疋田《ひった》で紅葉が描かれていた。

「それが気に入らはった？　落ちついた色目やけど、品がようて、疋田の紅葉がかいらしてよろしおすやろ？」

「それやったら、お兄さまもお気に召すんと違うやろか」

「あ……あの、いえ……」

「いや？」

どうしよう。季秋は姉妹の好きにさせろと言ったが、放っておいたらあれこれ着物を誂えることになりそうな気がする。早くもふたりは「それを仕立てるんやったら、こっちの鴇《とき》色のんも仕立てたらどうやろ」「それがよろしいわ。やっぱりそういう色味のもないと」と言いはじめている。

「あの、わたし、着物は――」

古着があるから、もうじゅうぶんだ。そう言おうとすると、ふたりはにこやかに笑う。

「鈴さん、おあきらめやす。うちにお嫁においでやしたからには、わたしらも逃がさしまへんえ」

「こないなかいらしいひと、放っておけるわけがあらしまへん。さ、たくさん着物仕立てまひょ」

このふたりは鈴に着物を見立てるのが楽しくてしかたがないようだった。

「でも……あの、まだ正式な嫁では」

祝言もまだだし、そもそも季秋自身が承知していないのではないか。が、夕子と夏子はそろって目を丸くした。

「なにをお言いやすの。もしお兄さまが鈴さんを追いださはるようやったら、わたしらが許しまへんえ。なあ、そうどっしゃろ」

「そうえ。もっとも、その心配はあらへんと思いますけど。お兄さま見てたら、なあ」

ふたりは袂で口もとを隠して、うふふと笑い合う。

「そう言うたら、鈴さんはお兄さままでよろしおすの？　あない仏頂面の堅物で」

「いつもこーんな怖い顔しといやすものなあ」

夏子がしかめっ面をする。

「季秋さまは……おやさしいです」

そんなことを口にすると妙に気恥ずかしくなって、鈴は赤くなった顔をうつむけた。

「あらまあ、よろしおすなあ」

「お兄さま、鈴さんにはやさしいしといでやすのやなあ」

姉妹はまた袂で口を覆って笑った。鈴はますます赤くなる。

「ほな、お兄さまが見惚《みと》れてしまわはるような着物、わたしらで選びまひょか」

「派手やの華美やの言われて悔しいさかい、あっと驚かはるようなもんにせなあきまへんえ」

姉妹のはりきりぶりに拍車がかかったようで、それから反物を広げて鈴にあててみては巻き戻し、あててみては巻き戻しを繰り返し、しまいには「やっぱりこないだの着物も出してみよ」と昨日広げた着物も引っ張りだす始末だった。

ああだこうだと議論する姉妹にとうの鈴は置いてけぼりになり、座敷にあふれる着物と反物の海に酔ってしまう。くらくらする頭を押さえて、「あの、ちょっとお手水《ちょうず》に」と言い置いて鈴は座敷を出た。障子を閉めて、ふうと息をつく。屋敷の裏手にある手水に向かった。廊下を歩いていると、ガラス戸の外に表からは見えない井戸端《いどばた》が見えてくる。そこで女中たちが洗い物をしていた。

「ほんまに？　たいへんやないの」

「どうなんやろなあ」

女中たちのそんな会話が聞こえてくる。

「それで大奥さまとだんなさまがおでかけに？」

鈴は足をとめた。「大奥さま」は峯子、「だんなさま」は季秋のことだ。

「まさか、おふたりでおさがしやの？　その――樹下の奥さまを」

「まだ東京のお宅に帰ってはらへんとなったら、京都にいやはるんやろか」

――樹下の奥さま……。

継母のことだ。鈴は廊下から裏庭におりて、置いてあった下駄をつっかけ井戸端に近よった。女中たちがびっくりした顔でふり返る。

「あっ、若奥さま」

鈴はすでに、そう呼ばれている。峯子の指示だ。

「奥さ――母が東京に帰っていないんですか？　そんな知らせが？」

女中たちは困ったように顔を見合わせている。おそらく、鈴には言わないよう言いつけられているのだろう。

「あなたたちから聞いたことは言いませんから、教えてくれませんか」

重ねて乞《こ》うと、いちばん年かさの女中が口を開いた。

「今朝がた、樹下伯爵さまからの言伝を持ってお使いが来やはったんどす。昨日帰ってくるはずやった奥さまが、まだ帰ってきやはらへんて。ひょっとしてこちらに滞在してるんかてお尋ねやったそうどすけど……」

継母は一昨日、すでにここを去っている。夜汽車でたっぷり半日以上かかるとはいえ、もうとっくに東京に帰っているはずだった。

「それで、大奥さまとだんなさまがおでかけに。その奥さまをさがすとか、どうとかお言いやして」

朝から季秋と峯子があわただしく出かけていった理由を、鈴は今知った。

——どういうことなのだろう。

女中たちのもとを離れて、鈴は庭を歩いた。考えこみながら、裏庭から表庭のほうへと回る。池の前で立ちどまり、水面を見つめた。さざなみが楓の影を揺らしている。継母の姿が映るように思えた。能面のような顔をして、冷ややかな目で鈴を見る継母の——あの冷ややかさは、鈴に対してというより、すべてに対してだった。冷ややかというよりも、無関心なのだった。すべてをとうにあきらめて、なげうってしまったような瞳だ。

――いったい、どうしたというのだろう……。

ぼんやりしていた鈴は、はっと顔をあげる。声がしたように思ったのだ。まさか、またあの鈴をおどかすものたちの声だろうか――と身構えたが、そうではなかった。

もっと悪かった。

「鈴、鈴」

体が硬くこわばる。生け垣のほうから声がしていた。――元晴の声だった。そちらに目を向けて、鈴はあやうく悲鳴をあげるところだった。生け垣の隙間から、元晴の血走った目がのぞいていた。

「こっちにおいで、鈴。話があるんだよ」

妙な猫撫《な》で声で元晴は鈴を呼ぶ。鈴は近づかなかった。いや、動けなかったのだ。

「来ないなら、大声で触れ回ってもいいんだぞ」元晴の声音が変わる。「ここの若奥さまは実の兄と不貞を働いてるってな」

鈴は両の手を握りしめて、そろそろと生け垣のほうへ足を向けた。「いい子だな」元晴はまた気味の悪い猫撫で声を出す。この浮き沈みの激しい声音が、鈴はおそろしくてならなかった。

生け垣の手前で鈴は足をとめる。

「なあ、鈴。俺はな、なにもおまえを殺そうっていうんじゃないんだ。そんなにおびえなくたっていいだろう?」

なだめるように言った元晴は、つぎの瞬間には怒気をあらわにする。「聞いてるのか、鈴。おい!」

低く脅す声に鈴はびくりと震えて、兄のほうを見る。暗い緑の葉のあいだから、血走った目が鈴を捕らえている。

「ものは相談だ。なあ、俺の話を聞いてくれ。ほら、もうちょっとこっちに寄って。まわりに聞かれてもいいのか?」

鈴は震えたまま、兄のそばへとゆっくり歩みよった。生け垣を挟んで兄の前に立つ。

その瞬間、生け垣から手が突きでて鈴の腕をつかんだ。

「ひっ」鈴はひきつった声をあげる。腕がきしむほど強く握りしめられて、鈴は声もなくうめいた。

「騒ぐな。いいか、この道のさきにあるあばら家までひとりで来い」押し殺した声で元晴は言った。「この家の娘ふたりは、どっちも上玉だな。おまえが来なかったら、あの娘たちに思い知らせてやる。どんな目にあうか、わかるだろ？」

ぞっとした。夕子と夏子の顔が浮かぶ。彼女たちの顔が苦痛にゆがむところなど、想像したくもない。

「いいな」

念押しして、元晴は鈴の腕を放した。腕にはくっきりと指痕《あと》がついていた。鈴は腕を押さえて、うずくまる。元晴はすでに立ち去っていた。手で口を覆い、鈴は嗚咽《おえつ》をこらえた。ひと気のないあばら家に行って、なにをされるかなどわかりきっている。

——季秋さま。

季秋はいない。あのやさしい腕は今、鈴のそばにない。

しばしうずくまっていた鈴は、手のひらでまぶたをぬぐって、立ちあがった。

鈴に元晴に抵抗できるだけの力はない。でも、頭と口はついている。心もある。心をまっすぐにして立って、頭と口を使うのだ。夕子と夏子に危害が及ぶことだけは、絶対にあってはならない。

なにがあっても、季秋のぬくもりを鈴はもう知っているから——それを心にしまって生きてゆける気がした。

鈴は屋敷のなかに戻ると、夕子と夏子のもとへ向かった。

「すみません、疲れてしまったので、さがらせてもらってもいいでしょうか」

ふたりが心配して、布団を敷いてあげようかと言うのを固辞して、鈴は部屋に行く。持ってきた寝間着と母の位牌とを風呂敷に包んで、部屋を出かけ——ふたたび文机のところに戻る。そこに置いてあった匂い袋を袂に入れて、今度こそ部屋を出た。二度と戻らないつもりで。

裏の木戸から路地に出る。このさきにあるあばら家、と元晴の言う家をさがして歩いた。西に行ったところに、竹藪に覆いつくされそうな屋敷を見つける。明らかにひとの住んでいない家だった。屋根は傾き、柱も朽ちかけている。戸のたぐいは一枚もなく、腐り落ちた床板や鼠《ねずみ》の食い荒らした土壁が丸見えだった。それでもまだ形を成している竹垣の内に入り、鈴は辺りを見まわした。

「こっちだよ」

すぐうしろで声がして、鈴は反射的に飛び退《の》いた。にやにやと笑みを浮かべた元晴がいた。「早かったな」

近づいてこようとする元晴に、鈴はあとずさる。

「今更焦《じ》らすなよ。ここに来たってことは観念したんだろ」

鈴は息をひとつのみこんだ。

「こ……ここではいやです」

元晴が顔をゆがめた。「なに?」

「わたしと、東京に戻ってください。そうしたら……」「あなたの妾にでもなんでも、なります」

鈴は声が震えるのをなんとか抑えようとする。風呂敷包みを抱きしめた。

元晴は鈴の顔を眺めている。

「だから……野々宮の家のひとたちには、なにもしないで」

どうしても、声が震えてしまった。唇を嚙みしめる。

元晴はにやりと笑った。

「なるほどな。健気じゃないか」

大股であっというまに鈴に近づき、腕をつかんだ。

「だけどあいにく、俺は東京まで待つほど気が長くはないんだよ」

「それならこの場で舌を嚙んで死にます」

鈴は精一杯声をはりあげた。元晴が眉をぴくりと動かす。

この場で彼に自由にさせるわけにはいかなかった。東京までつれてゆかねばならない。

そうでないと、鈴を手に入れたあとは夕子と夏子まで毒牙にかけるだろう。ついでだとばかりに。元晴はそういう男だ。

歯を食いしばって見あげる鈴を元晴はしばらく眺めていたが、ふいに顔をゆがめて笑いだした。

「くっくっ……」

要求をのむつもりになったのだろうか、と思ったとき、彼は鈴の顎を乱暴につかんだ。

「おまえはおめでたいな。自分にそこまで価値があると思っているとは」

出し抜けに元晴は鈴の頰を平手で殴りつけた。鈴のか細い体は吹き飛び、地面に倒れこむ。

「妾だと？　おまえは俺の妾になるつもりだったのか。おまえの母だって一回きりで捨てられたというのに」

元晴は横たわる鈴の肩を靴で踏みつけた。

「どの女も一度で飽きる。飽きるまでいたぶりつくしてやるからだ」

知っているか、と元晴は笑う。「おまえの母が、父にどんなふうにいたぶられたか」

見開いた鈴の瞳が、はかなく震えた。胸についた傷からやわらかなものが流れ落ちて、ひび割れて壊れてゆくようだった。

「舌を嚙むというなら、そうすればいい。野々宮の娘をおまえの代わりにするだけだ」

元晴の向こうに、竹藪が見える。そのずっと上には、空が。なにもない空が、鈴を見おろしている。目を閉じて、息を吐きだした。

　鈴が観念したと思ったのか、元晴は踏みつけている足の力をゆるめた。その隙《すき》をついて、鈴はすばやく身を起こすと彼の脚にしがみつき、すくいあげた。

　この男の思いどおりにはならない。鈴も母も、こんな男のような存在に踏みつけにされていい理由などない。あきらめてただ踏みにじられるのだけは、絶対にいやだった。

「なっ……」

　元晴の体はうしろに傾き、倒れた。鈴は立ちあがって逃げだそうとする。が、元晴の手が鈴の足首をつかんだ。ふりほどこうとするが、きつく食いこんだ指は離れなかった。足を引っ張られて、倒される。髪をふり乱した元晴が鈴の上にのしかかってきた。必死に抵抗するも、押さえつけられそうになったそのときだった。

「鈴さんから離れなさい！」

　鋭く澄んだ声が響き渡った。元晴がぴたりと動きをとめる。鈴は頭を動かし、声のしたほうを見た。

　夕子と夏子が、荒れ果てた屋敷の門のところに立っていた。ふたりともたすきがけで、薙刀《なぎなた》を手にしている。凛々《りり》しい顔つきで元晴を見すえていた。

「あんたのことはお兄さまから聞いてますえ。さあ、早《はよ》う離れなさい」

夕子が言い、薙刀の石突《いしづき》で地面をこんと突いた。磨かれた石をたたくような、涼やかで透きとおった音がした。足もとは雑草の繁《しげ》る土にすぎないので、そんな音がするはずないのだが。——しかし、その音が響いた瞬間、元晴が鈴の上から飛び退《しさ》り、夕子たちのほうをじっと眺めた。姉妹をうかがい、じりじりとあとずさる。その様子は警戒する野犬のようだった。

「わたしらが来たからには、覚悟しい。野々宮の女を舐めたらあかんえ」

夏子も言い、やはり夕子とおなじく石突で地面を打つ。涼やかな音が響き渡り、不思議と清らかな風が吹いたように感じた。よどんでいた空気が払われて、清々しくなる。元晴がうめいて、さらにあとずさった。

夕子と夏子はおたがいから距離をとると薙刀を構えて、一歩ずつ元晴に近づく。元晴は身を低くして、ふたりをにらみつけた。歯をぎりぎりと嚙みしめて、怒りに赤黒くなったその顔は、悪鬼のごとき形相だった。

生臭いようなにおいがして、鈴ははっとする。これは以前、元晴からした腐臭だった。涼やかだった場の空気が、徐々にそのにおいに覆われてゆく。鈴は身を起こして立ちあがり、口を押さえた。——なんなのだろう、これは。

『あの男な、あれは、……ただのひとと違うで』

鈴は季秋の言葉を思い出していた。元晴の血走った目は淀んで濁り、腐臭は強くなる。その体から黒い靄《もや》がにじみだして、鈴は目を疑った。何度もまばたきするが、その靄は消えない。まるでごく小さな黒い虫が彼にたかっているようだった。

夕子と夏子が、ひるんだように身じろぎする。黒い虫のようなものがいっせいにふたりに向かってはばたいた。姉妹はきゅっと唇を引き結び、そろって薙刀をふりあげる。刀身がきらめいたかと思うと、風を切る鋭い音とともにふりおろされた。黒い靄は吹き飛ばされ、散らされる。だが、かき消えたかと思ったそれは、すぐにまた寄り集まって靄となった。夕子と夏子は顔をしかめる。靄は大きくふくれあがり、そのなかに目と口が穴を開けているのが見えた。姉妹はふたたび薙刀を構え、柄《え》を握り直した。

鈴はこの世ならざるものの光景に、ただ唖然《あぜん》としていた。黒々とした靄は鈴の目から見ても禍々《まがまが》しく、おそろしい。だが目が離せない。だから、そちらにすっかり気をとられていた。

突然、横合いから腕をつかまれた。強い力でひねりあげられて、鈴はかすれた悲鳴をあげる。元晴だった。濁ったどす黒い瞳で鈴を見おろすその顔には、これまで見た野卑な色はなかった。まるきり感情のない、青白い顔をしていた。その表情に、鈴は今までとは違う恐怖を感じる。

「鈴さん！」

夕子と夏子がこちらに向かおうとするが、黒い靄がそれを阻む。元晴が表情のない顔のまま、もう片方の手を鈴の首に伸ばした。ぐっと力がこめられて、鈴の息がつまる。容赦《ようしゃ》のない力に血がとまり、喉がつぶれそうだ。鈴は元晴の手に爪を立てるが、その手はびくともしない。気が遠くなる。

どん、と元晴にぶつかる影があった。元晴の体がすこしかしぐ。手の力がゆるんで、鈴の喉に空気が入ってくる。鈴はその場に崩れ落ち、激しく咳《せ》きこんだ。

元晴を見あげる。元晴にひとりの女性がもたれかかっていた。丸髷に、黒紋付きの羽織の——。

女性はふらりと元晴から離れる。元晴は無表情のまま、緩慢な動きで自分の腹を見おろした。元晴の横腹に、懐剣《かいけん》が突き刺さっていた。

鈴の喉からひきつった声がもれる。女性は両の手をだらりと体の脇に垂らす。

「お……奥さま……！」

女性は鈴の継母であり、元晴の実母の——伊代子《いよこ》だった。

伊代子をさがして停車場やホテルをあたっていた季秋は、東山《ひがしやま》のホテルに彼女が宿泊していたのをつきとめた。が、すでに引き払ったあとだった。以降の伊代子の行方はようとして知れない。いったいどこへ行ったのか、なんのために——。

どうもいやな予感がするのをぬぐえない。季秋は峯子とともに野々宮家に戻った。

玄関に入ったとき、屋敷が妙に静かなことにすぐ気づいた。おとなしい鈴はともかく、かしましい妹たちの声がしない。季秋は玄関から庭のほうに回った。鈴の部屋にはそちらからのほうが近い。すると、彼を呼びとめる声があった。

「坊、坊」

季秋は眉をよせて庭をふり返った。

「今おまえらの相手をしてる暇はないんや」

「そんなこと言うてええんかのう」

「あの嫁御のことじゃぞ、坊」

縁側に向かいかけた足をとめる。「——なんやと」

「お嬢らにはもう知らせた。嫁御がなんぞ危ない目にあいそうじゃ」

「どういうことや」

「男がのう、嫁御を呼びだしおった。西にあばら家があるじゃろう。鼠の棲みかになっておって、居心地が悪うてわしらは嫌いじゃが。嫁御はそこに行ったようじゃ」

季秋は舌打ちした。――あれほど家から出るなと言ったのに。

いや、鈴のことだ、どうせろくでもない脅しを受けて従わざるを得なかったのだろう。

くそ、と声がもれる。

「あれはいかんのう。あの男は。ひとではなかろう。いれものはひとのようじゃがの」

「――やはりそうか」

西のあばら家やな、とつぶやいて、季秋はすばやく縁側から自室にあがりこむ。木刀を手に庭に飛びおりると、矢も盾もたまらず駆けだした。門を出るとき峯子の呼ぶ声が聞こえた気がしたが、とまれなかった。


「奥さま」

鈴は呆然《ぼうぜん》として伊代子を呼ぶ。伊代子は青白い顔でうなだれていた。元晴が腹を押さえてかくりと膝をつく。からくり人形のような奇妙な動きだった。

「よねの仇《かたき》よ」

伊代子がぽつりと言った。うわごとのような調子だった。

「――『よね』って……」

鈴の母の名である。

「どういう……」鈴は伊代子と元晴を見比べた。「どうして、このひとが母の仇なんですか……？　このひとは、奥さまの息子で――」

「息子なんかじゃない」

力の抜けたかすかな声で、伊代子は言った。

「これはもう、わたくしの子じゃない……」

伊代子の声は、細く歌を歌っているように聞こえる。ささやくような子守歌だ。

「あの子の皮をかぶった魔物ですもの」

元晴を見おろす伊代子の瞳は、なにもかもをなげうってからっぽになった瞳だった。元晴はうつむいていて、その顔は見えない。

「樹下の家に巣食う魔物。そんなものがいると知っていたら、嫁いだりしなかったのに。そうしたら、よねだってあんな目に――」

伊代子のかすれた声がとぎれる。鈴は悲鳴をのみこんだ。元晴が腹に刺さった懐剣を無造作に引き抜き、何事もなかったかのように立ちあがったからだ。腹の傷からは血の一滴も流れていない。

元晴は一歩踏み出そうとして、刺された側にぐらりと傾く。元晴は苛立《いらだ》たしそうに腹を撫でた。まるでそこに穴が開いてしまったから、うまく均衡が保てない、というように。

幾度か足踏みをして体の具合をたしかめるようなそぶりを見せると、彼は突然伊代子のほうへと体を向け、手にした懐剣をふりあげた。

「奥さま！」

鈴はとっさに伊代子を押し倒した。元晴の刃が空を切る。元晴は勢いあまってたたらを踏み、ぐらぐらと体を揺らした。できの悪い操り人形のようだった。

元晴の淀んだ洞穴のような瞳が鈴に向けられる。鈴の体に震えが走り、胸の芯が冷えた。

――逃げないと。

そう感じて身を起こしたが、伊代子は倒れたままだ。「奥さま」声をかけて起こそうとするが、鈴の力では支えることができない。元晴がゆっくりと鈴たちに近づいてくる。夕子と夏子はと見れば、いまだまとわりつく黒い靄をふり払うので精一杯のようだった。元晴は鈴と伊代子の前で仁王立ちになると、両手で懐剣を握り直す。ふりあげられた刃が無情にきらめいた。鈴はぎゅっと目を閉じて、伊代子に覆いかぶさった。

――季秋さま。

頭の上で、なにかがぶつかったような、鈍く重い音がした。鈴は覚悟したような衝撃が襲ってこず、おそるおそる目を開ける。

背中が見えた。鶯《うぐいす》色の着流しの、広い背中だった。あっ、と鈴は思わず声がもれる。

そのひとはふり向かぬまま、鈴に声をかけた。

「怪我してへんか、鈴」

「は……はい」

季秋だった。彼は木刀をたずさえ、元晴に向かって構えている。元晴は手を打たれたのか、懐剣を取り落としていた。身を低くして警戒する様子を見せる。季秋は泰然《たいぜん》として元晴の出方をうかがっていた。

元晴が獣のような素早さで身を翻《ひるがえ》す。季秋から離れようとしたが、季秋は元晴の肩を打ち据えた。くぐもった声をあげて元晴は倒れる。季秋が彼に近づこうとすると、元晴はばねのように跳ねあがり、飛びかかろうとした。季秋はさらに彼を打ち据えるが、倒れるのはいっときで、すぐになんでもないように起きあがる。季秋は顔をしかめて舌打ちした。

「お兄さま……！」

夕子たちの悲鳴があがる。彼女たちに襲いかかっていた黒い靄が、今度は季秋のほうに向かってきている。季秋は、はっとあとずさった。その隙をついて、元晴が飛びかかる。避けようとした季秋は、うしろに鈴がいることに気づいて動きをとめた。季秋と元晴のふたりはその場に転がる。元晴は季秋に馬乗りになり、木刀を奪おうと手でつかんだ。季秋も放すまいとするが、木のきしむいやな音がする。このままでは折れてしまいそうだ——

と鈴が思った瞬間、木刀はまっぷたつに折れた。砕けた木片が飛び散る。破片を避けて季秋が反射的に目を閉じた。破片を気にするそぶりもなく目を見開いたままの元晴は、木刀の刃先を握っている。切っ先を季秋に向けたかと思うと、手をふりあげた。

——殺される。

木刀とはいえ、鈴の喉を締めあげたあの力で胸でも刺されたら——鈴は頭が真っ白になった。なにも考えられずに季秋のほうに手を伸ばした。

そのとき、ふわりと香りがただよった。場違いに美しく清廉な香り。袂に入れて持ってきた、季秋の匂い袋の香りだった。

『これが君を守ってくれるやろうから』

季秋の言葉がよみがえる。——わたしでなくていい、と思った。

わたしではなく、季秋さまを守って。そう強く願った。

その瞬間、香りがひときわ濃くなった気がした。それと同時に、袂からなにかが飛び出る。と思うと、白い光がはじけた。

閃光が飛び散り、鈴は目を開けていられなくなる。ぎゅっと目をつむっても、まぶたの裏がまぶしくきらめいていた。真白く、澄んだ清い光だ。

どこか遠くで苦悶《くもん》する悲鳴が聞こえる。獣の咆哮《ほうこう》のようだった。鈴は薄く目を開けてみる。元晴が木刀を放り投げ、喉をかきむしって絶叫していた。そのほとばしる声すら光が吸いとって小さくなる。辺りを覆っていた黒い靄が、煤を払うように消えてゆく。そのあいだも元晴はずっと叫んでいた。

黒い靄がすっかり消えてしまうと、白光も徐々に薄れていった。朝陽のように清い光の名残が辺りにふりそそぐ。元晴は叫ぶのをやめていた。ただぼんやりと虚空を見つめていたかと思うと、その顔が崩れた。目が落ちくぼみ、皮膚《ひふ》は土気色になり、乾いて剝《は》がれ落ちてゆく。眼窩《がんか》は空洞になり、髪の毛は抜け落ちたかと思うそばから消えていった。

鈴の視界を、季秋の手が隠した。元晴の姿は見えなくなる。乾いた硬いものが地面に落ちる音がした。視界の端に、白茶けた骨がのぞく。それは、元晴だったなにかだ。

細いため息が聞こえた。伊代子だ。季秋は懐から風呂敷を出すと、骨にかぶせた。

あとに残ったのは、清浄な気配だけだった。

「……あの子はね、十七のときにとうに死んでいたんですよ」

伊代子がぽつりとつぶやく。

「十七の……。あの、バルコニーから落ちたという……？」

鈴が訊くと、伊代子はうなずいた。

「かわいそうに、あの子は魔物に殺されて、体ごと奪われてしまった」

さっきも、伊代子はそう言っていた。どういうことなのだろう。

「魔物……」

「樹下家は、古い時代から代々、祟《たた》られてきましたんや」

背後から声が聞こえて、鈴はふり返る。いたのは峯子だった。彼女は夕子や夏子、季秋のように薙刀や木刀をたずさえてはいなかったが、手に勾玉《まがたま》をまじえた水晶の数珠《じゅず》のようなものをさげていた。

「いや、祟られてる、というとちょっと違うやろか。魔物を巣食わせる代わりに、樹下家は富と繁栄を得てきたんやさかい」

峯子は歩を進め、骨を覆う風呂敷を見おろした。

「樹下は東の小藩の藩主やったお家やけど、もとは山陰の豪族や。あれは一族の先祖とも、敵対してた一族の首領の怨霊《おんりょう》とも言われてたけど、実際その正体やいきさつはわかってへん」

淡々と言う峯子に、鈴はどうしてそんな事情を知っているのだろう、と思った。それが通じたわけでもないだろうが、峯子は鈴をちらりと見て唇の片側をあげた。

「蛇の道は蛇、言いますやろ。わたしの耳にはこんな話がようけ入ってくるんどす。野々宮はそういう家やさかい」

「そういう……？」問いかける鈴に、季秋が補足した。

「陰陽道《おんみようどう》の家なんや」

「おん……」

「まあ、拝み屋みたいなもんや」

よくわからなかったが、鈴はそれで夕子や夏子が見せた不思議な力だとか、古着屋の主人が言っていた話だとかが腑《ふ》に落ちたように思った。

「鈴さんとの縁談もな、うちがこういう家やさかい、伊代子さんは持ちかけてきはったんえ。うちやったら、鈴さんを樹下の呪縛から守ってもらえるやろうと」

「え……」

——守って？

鈴は伊代子を見る。伊代子はただぼんやりと風呂敷を見つめていた。

「伊代子さんから話があったのは、四、五カ月前のことやろか。わたしも華族の端くれやさかい、東京の華族会館に用があって訪ねることがあるんやけど、そのとき偶然、伊代子さんに会《お》うてな」

峯子が野々宮家の者だと知ると、唐突に縁談を持ちかけてきたのだそうだ。

「あのときはびっくりしましたえ。いきなり『うちの娘を嫁にもらっていただけませんか』てお言いやすさかい。そやけど、話聞いてみたらええ娘さんのようやし、たまたま東京に出たときにお会いしたのも縁のあるあかしやろと思いましてな」

その場で承諾したという。

「僕に相談のひとつもなく」と季秋は苦々しくぼやく。

「縁がなければ、どうせまとまらへんもんどす。そう思てましたさかい。結局、間違いやあらしまへんどしたやろ」

季秋に向かって薄く笑みを浮かべる峯子に、季秋はどこか悔しげに黙りこんだ。

峯子は鈴に目を向ける。

「伊代子さんはな、鈴さんをどうにかして守りたかったんえ」

鈴は困惑して伊代子をふたたび見る。伊代子が鈴を守らねばならない理由はない。むしろ、厄介者《やっかいもの》以外の何者でもなかったのではないのか。

「僕も途中で思たんやけど」と季秋が言う。

「この子を女中として働かせてたて聞いたときはひどい扱いやと思たけど、元晴のことがあって、そういうことと違うんやないかと思い直したんや。女中部屋に置いて表に出さんかったのは、元晴と会わせへんためやろ。樹下家に若い女中を置いてないのも、彼の被害に遭《あ》わせへんためや」

違いますか、と訊かれて、伊代子はゆっくりと季秋のほうに顔を向けた。

「元晴だけじゃない。夫にもよ」

伊代子の声はひどく乾いていて、今にも消えそうだった。

「女中が主人に手籠めにされるなんてことはごく当たり前のようにあって、だから親は若い娘を華族の家に奉公に出したがらない。そんな話を、嫁ぐ前のわたくしは愚《おろ》かにも知りませんでした。樹下の家にあんな魔物が棲みついていることも――」

伊代子はようやく鈴のほうを見た。

「あなたを引き取るんじゃなかった」

鈴はその言いようにうつむく。だが、続く言葉に顔をあげた。

「元晴があなたのような若い娘を見つけたら、ああなることはわかっていたのに。よねの二の舞にさせるところだった。でも、あなたはよねによく似ていて……どうしても手もとに置きたくなってしまった。たとえ嫁入りまでのわずかなあいだでも」

伊代子はじっと鈴を見つめた。その目はふだんの冷ややかで無感情なものではなく、慈《いつく》しむようなものだった。

「半年前にあなたを引き取って、すぐに嫁入りさきをさがしたわ。樹下からなるべく遠く、手の届かないところを――あなたを守ってくれるような家を。元晴があんなことをして、もう一刻の猶予《ゆうよ》もないと思った。だから野々宮さんにお願いして、予定を早めてもらったのよ。あなたを京都に送り届けるまで、生きた心地がしなかった。野々宮さんに引きあわせて、これで安心だと思ったのに……七条の停車場で元晴を見つけるまでは」

それで東京に帰らず、京都にとどまっていたのか。鈴は野々宮の家を去り際、伊代子が言ったことを思い出していた。——『ここにいれば大丈夫ですから、安心なさい。樹下の家に戻ってくるんじゃありませんよ』。

「どうして……」

厄介者としか思われていないのだと思っていた。

伊代子は鈴を見つめ、深い息を吐いた。

「あなたはよねの忘れ形見だもの。たとえ半分が樹下の血であろうとも、あの子がなにより大事にした娘だから……」

「わたしの母が、奥さまの女中だったことは知っていますが」

それは母から聞いていた。樹下の名も父のことも母は口にしなかったが、それだけは。

「嫁ぐ前から——わたくしの娘時代から仕えてくれていた子です。田舎出の娘でしたが、正直でおべっかを使わないのを気に入って、いつもそばに置いていました。一緒に過ごせば過ごすほど、彼女が賢く、気配りのきく娘だとわかって手放せなくなって——いいえ、単純に、好いていたのです。彼女のひたむきで朗《ほが》らかに笑うところが好ましかった。ときには傷つけることも言ってしまったけれど……よねはさびしく笑うだけで、涙も見せなかった。そんなところを見ると切なくなって、よけいひどいことを言ってみたりして……わたくしは身内よりも学友よりも誰よりも、あの子を愛していました」

乾いた伊代子の声が、このときだけ春のようにうるんでいた。

「婚家についてきてくれるよう、わたくしが頼んだのです。そんなお願いしなければよかったと、何度もなんども悔やんだわ。わたくしが風邪で寝ついた日、あの子は夫に無理やり――」

脱け殻《がら》のようだった伊代子の顔がさっと青ざめ、こめかみに血管が浮きあがる。伊代子はきつく唇を噛みしめた。憎しみの顔だった。唇が切れ、ふつりと血がこぼれる。鈴は彼女の人間らしい表情をはじめて見た。そのときを境に、伊代子は感情をなくしてしまったのだと思った。

「わたくしは、よねに屋敷を用意して、住まわせました。妾という体裁をとったのです。だって、そうでもしなければ――ただ気まぐれに花を散らされたのでは、あの子があまりにも哀《あわ》れで……。あの子は、わたくしに泣いて謝ったんですよ。こんなことになってしまって奥さまには申し訳ない、自分の注意が足りなかったのだと。殴られて傷だらけになりながら、あの子は床に手をついて頭をさげたんです」

殺そうと思いました、と伊代子は平板な声で言った。

「夫も息子も殺して、樹下の血を絶やそうと思いました。忌《い》まわしい魔物ごと。たとえ夫の所業が魔物のせいであっても、許してはおけませんでした。樹下の血を根絶やしにしてから、わたくしも死のうと思っておりました」

夫だけでなく息子も殺そうとしたと語る伊代子の声の淡さが、鈴の背筋を寒からしめた。淡々と語るぶん、本気であったことがわかるからだ。

ですが、と伊代子は目を伏せる。

「よねは身籠っていました。夫や息子を殺せば、彼女の子が樹下の血を継いでしまいます。わたくしは悩みました。よねの子の安全を確保してから、樹下の家を滅ぼそうと思いました。その方法をあれこれさがしていたのですが、野々宮さんのことを知ったのもそのときです。いずれ連絡をとろうと心にとどめておりました。──よねの産んだ子は女の子でした。女の子なら大丈夫かもしれないと思いました。樹下の呪い──あれはもはや呪いと言っていいでしょう──その影響を受けるのは、本家の男に限られるようでしたから。ですが、本家の血が絶えたあとはわかりません。ですから、容易に夫にも息子にも手出しはできませんでした」

ふう、と伊代子は一度息をつく。彼女は夫と息子を手にかける算段をあまりにも静かに、繰り返し語る。箍《たが》はとうに外れているようだった。

「よねにもそう話していました。だから今は堪忍しておくれ、と。いずれ仇はとるからと。——なのに、あの子はあなたをつれて姿を消してしまったのよ」

伊代子の目がふたたび鈴に向けられた。

「ほうぼう手を尽くしてさがしたけれど、見つからなかった。だからわたくしは夫と息子になおさらなにもできなかった。そのうち元晴がバルコニーから落ちて、あの魔物に乗っ取られてしまった。息子は夫以上にならず者になってしまったわ」

ちら、と彼女の目は風呂敷に向く。憐《あわ》れんでいるのか、憎く思っているのか、その瞳からはわからなかった。

「あなたを見つけられたのは、よねが文をくれたからよ。それが届いたときにはもう、よねは病で亡くなっていたけれど……。どうして——どうしてもっと早く連絡をくれなかったのか」

伊代子の眉が悔しそうにゆがんだ。彼女の表情が変わるのはよねに関してのみだ。

「……でも、よねはあなたのことをわたくしに託してくれたわ。ほかに誰も頼るひとがいない、どうか娘を幸せにしてやってほしい、と。……うれしかった」

伊代子の唇がすこし動いて、弧を描いた。顔は切なげに震えている。

「だからわたくしは、あなたが樹下の呪いから逃れられる最善の道をさがしたの。ちょうど野々宮家の当主が未婚で、そのうえ品行方正でなんの不足もないひとのようだったから、これ以上ない相手だと思ったのよ。——やっぱり、野々宮さんを選んで正解だったわ」

うっすらと伊代子は笑った。さきほどのよねを思っての切なげな微笑ではなかった。

「もうおそれることはないのね。あなたが樹下の血におびやかされることはない。魔物が消え去って、あれに富と繁栄を頼んでいた樹下の家も遠からず滅びるでしょう。わたくしの本懐はようやく遂げられます」

伊代子の笑顔は晴れればれとしていた。伊代子は不思議そうに鈴を見る。

「どうして泣くの？」

鈴は泣いていた。伊代子が哀れに思えてならなかった。彼女はよねの身の上に起きたことは語ったけれど、彼女自身に起こったことも、つらかったことも、なにひとつ口にしていない。——おそらく、妻とはいえ伊代子もひどい目に遭ったはずだった。

伊代子は鈴に歩みより、袂から袱紗《ふくさ》をとりだすと鈴の涙を拭いた。

「あなたが泣くと、よねに泣かれているようよ。どうか泣きやんで頂戴」

鈴は手のひらで涙をぬぐった。

「奥さま。どうして母が奥さまのもとを去ったか、おわかりになりますか」

伊代子はなにも知らない無垢《むく》な少女のように首をかしげた。

「あなたに夫も息子も殺してほしくなかったからです。あなたに罪を犯してほしくなかったからです」

伊代子の目が見開かれた。

「わたしの母は、樹下の家のことも父のことも話したことはありませんでした。でも、あなたのことはたくさん聞きました。おやさしくて、一途で、とてもかわいらしい純粋なかたなのだと。奥さまはこういういたずらがお好きだった、奥さまはこんな御本を読んでらした、奥さま、奥さま……母は懐かしそうに話していました。わたしのなかであなたはお会いする前から『奥さま』で、だからそうお呼びするのがいちばん馴染んでいて、あなたのおっしゃるように『お母さま』とはなかなかお呼びできませんでした」

鈴はなおもこぼれてきた涙をぬぐう。

「母は、あなたのことをとても深くお慕い申しあげておりました」

伊代子はぼんやりと目をしばたたいた。

「そう……そう。慕ってくれていたの……」

ふらりと体を傾けるようにして、伊代子は鈴に背を向けた。

「それが聞けてよかったわ。どうもありがとう」
二、三歩頼りなく歩いた伊代子の背に、鈴は声をかける。
「奥さま」

伊代子はふり向いた。

「父を……殺したりなさいませんよね？」

伊代子はふっとほほえむ。

「よねの望みだもの。——それに、今は簡単に殺してしまうよりも、樹下の家とともにみすぼらしく滅びゆくさまを見届けたいと思っているわ」

伊代子はそう言って、風呂敷をかけた骨の前に膝をついた。

「この風呂敷、いただいてかまいませんかしら」

どうぞ、と季秋は答える。伊代子は風呂敷の上に骨を集めていった。骨はほとんど朽《く》ちて、多く残っていなかった。

骨を包んだ風呂敷を抱えて、伊代子は立ちあがる。

「約束どおり、嫁入り道具は近々届けさせます。それで樹下との縁は切れたものとお思いなさい。いいですね」

野々宮の家に鈴をつれてきたときのような冷えた口調に戻って告げると、伊代子は去っていった。

それきり、鈴が伊代子に会うことはなかった。


夜が更けてから、鈴は庭におりた。

満月がしらじらと辺りを照らしている。澄みきった清らかな光は目に痛いほどだった。草むらのあいだからさまざまな虫の音が聞こえてくる。それ以外は、音もなかった。月の光がよけいな音を吸いとっているかのようだった。

「あ……あの」

胸の前で手を握りしめ、鈴は声をあげる。冷えた夜のなかに、鈴のか細い声は吸いこまれる。鈴はかまわず頭をさげた。

「ありがとうございました。季秋さまたちに知らせてくれて……」

夕子に夏子、季秋は皆ここのものたちの知らせで鈴のもとへと駆けつけてくれたのだという。それがなかったら、鈴は今ごろどうなっていたかわからない。

暗闇からの返事はない。代わりにうしろから声がかかり、鈴は飛びあがった。

「なにをしてるんや」

季秋だった。開いた雨戸から、彼もまた庭におりてきていた。

「またなんぞおどかされたんか?」

眉をよせる季秋に、鈴はあわてて首をふった。

「いえ——いえ、違うんです。お礼を……」

「お礼?」

「ここのひとたちのおかげで、助かったので」

ひととちゃうけどな、と言いながら季秋は辺りを見まわす。

「まあ、そういうたらそやな。僕からも礼を言うとくわ。おおきに」

闇のあいだから、しゃがれた笑い声がこだまする。

「嫁御に言われるとえらい素直なことじゃの、坊」

「おどかすなて言うたさかい、嫁御の前では気ィ遣《つこ》ておとなしゅうしとったんやで」

姿が見えないなか、声がするとやはりすこしびっくりする。だが最初のころのように怖いとは思わなかった。

「ありがとうございました」

あらためて鈴は頭をさげる。笑い声が響いた。

「ええ嫁御じゃ」

「坊にはもったいないのう」

「黙れ」と季秋は声のするほうをにらむが、彼らはますます声高く笑うだけだった。

「あの……」鈴は季秋を呼ぶ。

「なんや？」

「季秋さまは、以前お訊きになりましたよね。こちらに嫁入りすることを、それでいいのかと」

「ああ——まあ、そうやったな」

「あのときは、わからないと申しあげました。でも今は、よかったと思います」

自分の気持ちをどう言い表していいかわからなくて、鈴はそれだけ言った。そう言うだけで精いっぱいで、息があがってうつむく。胸を押さえて息を吸うと、続きを口にした。

「でも、季秋さまが乗り気でないのでしたら、わたしのことはお気になさらず今からでも断ってくださって結構です。わたしは働き口さえ見つかれば生きてゆけますし、季秋さまならもっとちゃんとしたお家のお嬢さまがお嫁に来てくださるでしょうから」

口早に言い終えて、ほっと息をついた。季秋のような立派な青年に好意をよせることすら分不相応な気がするのに、ましてや妻になるなんて、おそれ多いことだと思う。

返ってくる言葉がないので、鈴は顔をあげる。季秋は戸惑ったような、困ったような複雑な顔をしていた。

「坊が困っておるぞ」

「もうとうに夫婦《めおと》のつもりでおったんじゃからのう」

しわがれた笑い声に季秋は辺りをにらみつける。「うるさい」

それから鈴のほうを見て、ばつが悪そうに頭をかいた。

「こんな化け物屋敷に嫁に来たい令嬢なんかいるわけがない」

そう言ってから、一段と顔をしかめる。「いや……そうやのうて」

季秋の言うことは要領を得なくて、鈴は理解しようと一生懸命耳をすました。

「ただ僕は——妻にするなら、君がええ」

鈴は目をみはった。季秋はもう困った顔もしかめっ面もしておらず、まっすぐ鈴を見つめていた。

「君もおなじように思てくれてると思てええんやな?」

鈴はわけもわからぬまま、うなずいた。うなずいてから、はっとする。

「あの、でも——」

「それやったらもう、そのほかの言葉はいらん。僕にも君にも」

そやろ、と言われて、鈴は今度はゆっくりと、しっかりと、うなずいた。

季秋は鈴の背中に手を添える。あたたかさが背から胸に伝わった。彼の衣に染みついた匂い袋のにおいが香り、鈴が袂に入れたそれのにおいと混じりあい、ふたりを包みこむ。

「……夜は冷えるさかい、なかに入り」

うながされて、屋敷のほうに向かう。ふとふり返ったが、あれだけ囃《はや》し立てていたしわがれ声たちが、今はもうなにも言わなかった。ただ虫の声だけが、夜のあいだに鳴り響いている。

一《いち》陽《よう》来《らい》復《ふく》

冬の日はすぐ暮れる。五時を回ればもう真っ暗だ。冬至《とうじ》の今日はなおのこと。

慧《けい》は道を急いでいた。勤め先の大学を出て、下鴨《しもがも》に向かう。家は黒谷《くろだに》だったが、今日は野々宮《ののみや》家に立ち寄る予定だった。冬至なので鹿乃《かの》がかぼちゃの煮物を作ったという。柚子《ゆず》もお隣さんからたくさんもらったので、そちらもお裾《すそ》分けしてくれるそうだ。鹿乃の手料理をもらえるとあって、自然と足早になっていた。

河原町通《かわらまちどおり》をあがり、橋を渡る。大通りから外れると、驚くほどひと気がなくなる。夜ともなるとなおさらだ。街灯もとぼしく、ときおりライトをつけた車が行き交うだけの道を、野々宮家のある糺《ただす》の森近くを目指して北へ向かう。

ふいに慧は、足をとめた。

妙な鳴き声が聞こえた気がしたのだ。なんだろう。猫のような——。

やはり聞こえる。慧は辺りを見まわした。必死に訴えかけるような、助けを求めるような獣《けもの》の声だった。大きな声ではない、かすかで今にも消えそうだ。獣の赤ん坊だろうか。

側溝にでも落ちてしまったのだろうかとしゃがんで耳をすませてみるが、声は下方からするわけではないようだった。声の出所がわからない。ただ依然としてどこかで鳴いているのだ。声のするほう、声のするほうとたどって歩くうち、慧は糺の森のそばまで来ていた。真っ暗な森は、ふだんにも増して鬱蒼《うっそう》として見える。

――まさか、ここから？

さすがに夜の森に足を踏み入れることには躊躇《ちゅうちょ》した。第一、こう暗くては獣をさがしようもない。だが、声は確実に近くなっていた。必死さもさっきより増しているようだ。

「……しかたない」

ちょっと息をつくと、慧は黒いコートのポケットから携帯電話をとりだした。そのわずかな明かりを頼りに、参道から森へと入る。夜の闇《やみ》がいっそう深く、重く肩にのしかかってくるように思えた。慧は首に巻いたマフラーの首もとを直す。当然ながらこんな夜の森を歩いている酔狂《すいきょう》なひとはなく、鳥もこの時間ではさえずってもいない。地面を踏みしめる自分の足音が妙に大きく響いた。慧は獣の声に意識を集中させることにする。声は森の端《はし》にある小川のほうから聞こえてくるようだった。せせらぎに紛《まぎ》れてしまいそうな声だ。ふと、こんなわずかな声が森の外まで届いたのだろうか、と疑問がよぎる。が、風向きによってはかすかな音でも聞こえたりするものだから、おかしくもないか。

枯れ葉を踏みしだいて小川に近づき、声の主をさがす。辺りに目を凝《こ》らすうち、慧は草むらのなかにうごめくものを見つけた。小川のほとり、斜面になっているところで、どうやら這《は》いあがれずにいるらしい。

慧は携帯電話をしまうと、積もった枯れ葉の上に膝《ひざ》をついてそちらに手を伸ばした。

「おっと」

指先が触れたと思った瞬間、それはすばやく慧の腕をかけあがり、肩を蹴《け》って跳んだ。一瞬の出来事に慧は目を丸くする。

――子猫かと思っていたが、ムササビか、はたまたリスか？

この森にそんな獣はいなかったか。指先にすこし触れた感じでは、やわらかなまだ幼い獣の毛並をしていた。

辺りを見まわしてもその姿はなく、鳴き声もしない。鳴いていないということは、もう助けはいらないということだ。

「やれやれ……」

膝についた汚れを払って、慧は立ちあがる。さっさと森から出ようと、参道を来たほうに戻る。足早に歩いていた慧は、しばらくしてうしろをついてくる足音に気づいた。ひとの足音ではない。四足歩行の獣の足音だ。さきほどの獣か、とちらと思ったが、違う。あれよりずっと大きな、大型犬くらいの足音に思えた。

足音はどんどん近づいてきて、そのうちハッハッという息づかいまで聞こえてきた。

――野犬か？　いまどき。

市内でそんなものに遭遇したことはない。猫ならばこの界隈《かいわい》でもちらほら見かけるが。

慧は一度足をとめ、うしろをふり返った。足音がやむ。暗闇にはなんの姿もなく、気配もしなかった。

――いやな感じだ。

慧はそろりと体を前に戻し、ゆっくり歩きはじめる。すると足音もふたたび慧を追いはじめた。

「俺はこういうのは専門外なんだぞ……」

鹿乃や良鷹《よしたか》とずっと暮らしてきたから、身近になっているだけで。

慧は足を速める。ともかく森を抜けたほうがいい。そんな気がした。しかしそう思うと森はどこまでも続いて、闇と一体化しているように思えてくる。慧はいまや駆けだしていたが、こと走ることに関して獣にかなうわけがない。獣の息づかいはすぐうしろに迫っていた。

獣が跳躍する音がした。よけなくては、と身を翻《ひるがえ》したとき、横合いから小さな影が飛びだした。

はっと思う間もなく、その小さな影は暗闇に向かって飛びかかった。ギャッ、とひとのような猿のような、不気味な叫び声があがる。その一撃で早くも勝負はついたようだった。

暗闇から小さな影が走りよってくる。暗くて判然としないが、どうもさきほど助けた小さな獣のように見えた。

——助けてくれたのだろうか？

小さな獣は慧の前でふいに飛びあがる。思わず受けとめようと手を伸ばしたが、寸前で消えてしまった。

慧は周囲を見まわした。何の気配もない。首をかしげつつも、慧はきびすを返した。

ようやく到着した野々宮家では、鹿乃が待ちかねたように出迎えてくれた。その顔を見るとほっとする。

「遅かったな、慧ちゃん。心配してたんよ」

鹿乃はいそいそと慧を玄関のなかへと招き入れる。今日は水仙《すいせん》を薬玉《くすだま》風に描いた着物に南天《なんてん》の刺繍帯《ししゅうおび》を締めて、その下部にめずらしく抱《かか》え帯《おび》をしている。抱え帯は昔、裾《すそ》を引きずって着ていた着物を外出のさいに持ちあげてからげるためにあった帯で、おはしょりを作る今日の着方では不要のものである。鹿乃は飾りに使っているようだ。

「なんや、来たんか」

玄関に顔を出した良鷹がつまらなそうに言った。そのあとをついてきた幸《ゆき》は、慧にぺこりと頭をさげる。

「こんばんは」と慧があいさつすると、幸も「こんばんは」とはにかんだように返してくる。良鷹のうしろに隠れ気味な様子を見ると、幼いころの鹿乃を思い出した。

「幸、もう行くで。宿題残ってたやろ」

と、良鷹は早々に幸を奥へとつれていった。幸が歩くたび、ちりり、と音がしているが、鈴かなにかをポケットにでも入れているのだろうか。

「あれでお兄ちゃん、慧ちゃんのこと心配してたんよ」

慧を広間に案内しながら鹿乃が笑う。

「冬至の夜やから、悪いもんにでも引かれてるんとちゃうかって」

「へえ……」

冬至は陰が極まり、陽が復する日だとされる。一陽来復だ。ならば糺の森のあれは、良鷹の言う『悪いもん』だったのだろうか。では慧を助けてくれたあの小さな獣は……？

「あれ、慧ちゃん。マフラー、新しくしたん？」

広間のソファに落ち着き、慧が外そうとしたマフラーに鹿乃が目をとめる。

「いや、いつものだよ」

数年前から変わっていない、グレーのシンプルなマフラーである。そろそろ新調しようかと思いつつ、面倒でいまだそのままになっている。

「でも、それ……」

鹿乃は首をかしげた。

「虎《とら》の柄《がら》が入ってる」

え、と慧は外しかけていた手をとめてマフラーを見おろした。鹿乃の言うとおり、端のほうに、虎の子供のような小さなかわいらしい動物の柄が入っていた。

「——なんだ、これ」

当然ながら、もとからあった柄ではない。今日、大学を出るときにもたしかにこんな柄はなかった。誰かがいたずらで貼りつけたというたぐいのものでもない。最初から織りこまれていたかのようだ。ころころとした体つきの、愛敬のある顔をした子虎だった。

「かわいい」と鹿乃は無邪気に笑う。おおらかな鹿乃の笑顔はいつでも非常に愛らしい。かわいいのはおまえだよ、と慧はこんなときいつも思うが、きりがないので言わない。

「こっちの柄と似てへん？　ほら」

鹿乃は抱え帯を示した。緋《ひ》色地の細い錦《にしき》の帯には、なるほどよく似た虎の柄が織りだされていた。小さな子虎だ。それと五枚笹《ごまいざさ》が交互に並んでいる。竹に虎というお決まりの組み合わせと思いきや、「神農祭《しんのうさい》の虎やねん」と鹿乃は言う。

「神農祭っていうと……大阪の祭だったか、薬の」

薬の神さま・神農を祀《まつ》る行事だ。旧暦の冬至の日に行われる。神社から授与される張り子の虎と笹がつきものである。疫病除《えきびょうよ》けに薬種問屋が『虎頭殺鬼雄黄圓《ことうさつきうおうえん》』という丸薬と張り子の虎を御守《おまもり》として配ったのが最初だという。虎の頭は古くから鬼を退《しりぞ》ける魔除けになるとされる。

「そう、その虎と笹」と鹿乃は答える。「お兄ちゃんがくれたん。冬至やし、魔除けにって。幸ちゃんにも虎の根付《ねつけ》を」

「根付？　鈴がついてる？」

「うん、そう。なんで知ってるん？」

「さっき幸ちゃんから音がしてた」

うふふと鹿乃は笑う。

「幸ちゃん、うれしいから持ち歩いてるんよ。渋めの彫金《ちょうきん》の虎やったんやけどな。幸ちゃん、渋好みなとこあるから、気に入ったみたい。お兄ちゃん、ようわかってる」

「それでおまえのは、子虎か」

「かわいいやろ。でもな、この虎、一頭足りひんねん」

「足りない？」

「故事かなにかに因《ちな》んで、十二頭やったらしいんやけど」

慧は記憶をさぐる。「熊野権現《くまのごんげん》の縁起かな。王子を守る十二頭の虎が出てくる」

「あ、それやったかな。お兄ちゃんが買《こ》うたときには十二頭、ちゃんとそろってたらしいんやけど――」

鹿乃は抱え帯に手を添える。

「ほら、ここ。一頭、抜けてるやろ」

示した箇所は、たしかにぽっかりと柄が抜けていた。

「お兄ちゃんが、途中で落としてしもたんやろか、なんて言うてたけど」

慧はそれをじっと眺めて、自分のマフラーに目を落とした。――やはり、よく似ている。

子虎たちは皆、ポーズが微妙に違う。寝転がっていたり、飛び跳ねていたり、腹を見せていたりする。いずれもころころとして愛らしい姿だ。マフラーについた子虎は、元気に駆けまわっているような姿をしていた。愛敬のある表情や仕草は、抱え帯の虎たちと共通している。

「やっぱり、よう似てるやんなあ」

鹿乃がマフラーを手にとる。その瞬間のことだった。

マフラーから、ふうっと煙のように子虎の姿が抜けでる。あ、と声をあげる間もなく、それはくるくると円を描くように宙を舞い、抱え帯に吸いこまれていった。

「――虎が」

慧も鹿乃も、抱え帯に目が釘づけになる。抜けていた虎の柄が戻っていた。マフラーにあったときとおなじく、元気に駆けまわっている姿だ。

慧と鹿乃は顔を見合わせた。鹿乃が笑う。

「えらい、自分で戻ってきたんや。——でもこの子、なんで慧ちゃんのマフラーにくっついてたんやろ？」

慧は糺の森での出来事を語った。不思議な鳴き声に導かれて小さな獣を助けたこと、その後、なにかに襲われかけたのをその獣が助けてくれたこと。

「ほな、この子は慧ちゃんに恩返ししてくれたんやな」

「ついでに俺のマフラーにくっついて、帯のとこまで戻ってきたと」

「お兄ちゃんが落とした虎を、慧ちゃんが拾ってくれたんや」

面白い縁やな、と鹿乃は笑う。この不可思議な出来事を『縁』のひとことで表す鹿乃のおおらかさを、慧は好ましく思う。そんな気持ちで鹿乃を眺めていると、「なに？」と鹿乃が訊《き》いてくる。

「いや、なんでもない」

そう返してちょっと笑うと、鹿乃はどこか落ち着かなげにそわそわした。

「あ……、そや、ごめん、お茶も出さんと。ちょっと待っとってな」

「いいよ」と慧は立ちあがりかけた鹿乃の手をとる。「お茶なんか、帰ってからいくらでも飲めるんだからさ」

「……うん」

鹿乃はふたたび慧の隣に腰をおろす。慧は鹿乃の手を放さず、むしろ握り直した。鹿乃の頬《ほお》が桜色に染まる。慧は鹿乃の頭を撫《な》でて、頬を撫でた。鹿乃が恥ずかしそうに慧を見あげて、慧は身をかがめた。鹿乃の顔に慧の影が落ちる。唇《くちびる》が触れ合うかと思ったとき、獣の威嚇《いかく》するようなうなり声がして、慧は動きをとめた。

「なんだ?」

鹿乃が下を見る。うなり声は抱え帯から聞こえていた。——虎だ。

「虎が威嚇してる」

「なんでだ」

——まさか、と思い慧はもう一度、鹿乃の顎《あご》に手を添えて顔をよせた。そのとたん、うなり声がまたした。慧は鹿乃から離れる。すると声はやんだ。

「防犯装置かよ」

なんなんだ、とあきれた。

「この抱え帯は昔、若い娘さんのために作られたものなんやって」

と鹿乃が言う。

「そやから、男のひとが……その、そういうことをしようとすると、守ろうとするのかも」

疫病除けだけでなく、悪い虫から令嬢を守るために作られた帯なのだろう。しかし自分は虎を助けた恩人ではないのか、と慧は帯の虎をにらむ。それとも、慧も助けてもらったから、それでチャラになったのか。

「その抱え帯、外してもいいか？」

鹿乃は困った顔をする。

「でも、せっかくお兄ちゃんがくれたものやし……そういえば、慧ちゃんと会うときはいつもこれ締めてけって言うてた」

「あの野郎」

俺は悪い虫か、と苦々しく思った。

「……まったく」

良鷹の兄心がわからないでもないので、抱え帯を外すのはやめておいた。外したら外したで、あとでなにを言われるかわからない。

慧は鹿乃から離れる——と見せかけて、すばやくその額《ひたい》に口づけた。鹿乃が息をつめ、またたくまに顔が真っ赤になった。

「これなら威嚇する暇もないだろ」

「わ……わたしも心の準備する暇がないやん」

鹿乃は抗議するが、「こうでもしないとキスもできない」と言うと黙った。鹿乃はまだ不服そうにしていたが、ふとなにか思いついたように腰を浮かした。

「慧ちゃん」

鹿乃は慧に内緒話でもするかのように顔をよせた。かと思うと、慧の頬に唇を押し当てた。頬にやわらかい感触がして、すぐに離れる。

虎は鳴かなかった。

「わたしからしたら、大丈夫みたい」

鹿乃はそう言って、はにかむように笑った。

これだから鹿乃には絶対かなわないのだ、と慧は心の底から目の前の少女に白旗をあげた。

山吹の面影

真帆《まほ》が野々宮《ののみや》家に良鷹《よしたか》を訪ねると、あいにく不在だった。幸《ゆき》とともに散歩に出かけているという。鹿乃《かの》は申し訳なさそうに言った。

「高野川《たかの》の、ほら、亀《かめ》の飛び石があるやろ。そっちに行ってるん。鴨川《かもがわ》デルタのほうは花見客でえらい人出やから」

高野川と賀茂《かも》川に挟まれた一帯が下鴨《しもがも》であり、それらの川が合流して鴨川になる地点が通称鴨川デルタである。川岸には桜が植えられていて、春ともなれば花見客でにぎわう。ここに来るまでにも岸辺や鴨川デルタに敷きつめられたブルーシートと、昼間から陽気に酔いどれた学生たちを多く見かけた。さらにはそんな酔客の花見弁当を狙って、上空を鳶《とび》が飛び交う。のどかだな、と思ったものだ。

「じゃあ、そっちに行ってみるね。ありがとう」

「なかで待っててくれたら、そのうち帰ってくると思うけど……」

真帆はうしろをふり返る。どうする？　というつもりで。

「――僕たちも散歩がてら、行ってくるよ。いい陽気だしね」

真帆の父、弥生《やよい》が答える。今日は弥生も一緒だった――というより、弥生の用事に真帆が同行しているのである。

野々宮家の門を出て、高野川のある東のほうへ向かう。住宅街の路地を抜けると、川岸におりられる階段がある。そこをおりて、きれいに整備された遊歩道をのんびりふたりで北上した。向こう岸に桜並木が見える。そちらにもブルーシートと花見客の姿がちらほらあったが、鴨川デルタほどではなかった。

「あ……いた」

亀の形をした飛び石が岸から岸へと並んでいる。そのなかほどに良鷹は立っていた。かたわらに幸がしゃがみこんでいる。幸は川面《かわも》を興味深そうに眺めていたが、良鷹はなにを眺めるでもなくぼんやり突っ立っているようだった。目の粗い生成《きな》りのニットに細身のパンツを合わせて、はおった薄手のトレンチコートの裾《すそ》が風にはためいている。美しい造形の顔立ちも均整のとれた体つきも、俳優かモデルだと言われたら皆信じるだろう。花曇《はなぐも》りの下、彼の姿はとてもさまになっていた。

真帆と弥生に気づいたのは幸のほうだった。幸は立ちあがり、きょとんとした顔で真帆たちを見ている。三つ編みにした髪に桜鼠《さくらねず》のリボンを結んで、白いコットンレースのワンピースを身にまとった幸は、周囲の景色からくっきりと浮きあがるような雰囲気を持っていた。良鷹も気づいてこちらに顔を向ける。幸と良鷹はともに美しかったが、種類の違う美しさだった。にもかかわらず、ふたりの佇《たたず》まいはよく似ていて、寄り添っているのがしっくりくる。不思議なふたりだった。

良鷹は幸の手をとって、こちらの岸に向かって飛び石を渡りはじめる。川の流れは穏やかに見えて意外に急で、幸はおそるおそるといった様子で飛び跳ねて渡ってきた。そんな仕草は子供らしかったが、すんなりとした長い手足にもはや完成されたような美しい顔を持つ幸は、歳《とし》より大人びて見える。彼女は野々宮家に引き取られて一年がたち、この春から小学五年生になった。

弥生は彼らが渡りきるまで待たず、石段をおりて飛び石を踏んだ。真帆もあとに続く。ひとつ、ふたつ亀石を踏んだところで良鷹たちと向き合った。

「どないしはったんですか、弥生さん」

良鷹はすくなからず驚いていた。真帆はともかく、弥生が店を空けて良鷹に会いに来たのははじめてのことだ。

「うん、ちょっとね」と弥生は笑って懐手《ふところで》になる。弥生は鈍《にび》色の紬《つむぎ》にそろいの羽織を合わせていた。桜の時季にしては重い色合いの着物である。

風が袂《たもと》を翻《ひるがえ》し、髪を乱す。髪型を崩すと娘の真帆から見ても年齢不詳になる。なめらかな肌に、少年のような瞳《ひとみ》をしているからだ。その瞳が今日はこの空のように薄く曇《くも》っていた。

「八幡《やわた》さんから相談を受けてるんだ、骨董《こっとう》のことで」

川の音で声は紛《まぎ》れがちになる。弥生の声音《こわね》はやわらかいのでなおさらだった。だが、弥生は声を張りあげようとはしなかった。

良鷹はとくに表情を変えることなく黙っていた。弥生は言葉を続ける。

「君に任せたほうがいいかもしれないと思ったんだ」

そこで良鷹はいぶかしそうに眉《まゆ》をひそめた。「どうして――」

「慶介《けいすけ》さんの話を聞けるだろうから」

良鷹はまた口をつぐんだ。慶介――良鷹の父親である。真帆は良鷹以上に眉をよせてふたりを見比べていた。八幡というのが誰なのかも、ふたりの会話の意味もよくわからない。弥生が良鷹に話があるからと言うので、真帆もついてきただけだった。弥生はひとりで出かけさせると、用事を忘れてのんびり桜に見入っていたりするからだ。

「……どうする？」

弥生は川に目を向けて尋《たず》ねた。風にのって落ちたらしい桜の花びらが数枚、流れていった。真帆もそれを目で追いながら、父がこんなふうに遠慮がちに良鷹になにかを訊《き》くのはめずらしい、と思った。弥生は温厚であるいっぽうで他人の都合をあまり斟酌《しんしゃく》しないところがあるので、良鷹はなんだかんだ押し切られていることも多かった。

「……骨董の相談ていうのは、どういう」

良鷹がようやく口を開いて、低い声で訊いた。

「詳しくはまだ聞いてないんだけど。――花嫁の幽霊が見える、って言うんだよね」

「花嫁の幽霊……」

「八幡さんっていっても、相談してきたのは息子さんのほうなんだ。八幡さんはもう亡くなったから」

「――亡くならはったんですか」

「うん。もう三年くらいになるかな」

「息子さんのほうは、僕の父のことはよう知らんでしょう。交流があったんも弥生さんの顧客やったんも、八幡さんのほうなんやから」

「知っていたようだったよ。慶介さんと歳が近いのは息子さんのほうだったし、慶介さんが前に一度家に訪ねてきたときに話もしていたって」

良鷹はすこし黙り、

「その息子さん、今も口丹波《くちたんば》に住んではるんですか」

と言った。それで真帆は、あっと思った。

良鷹の両親が亡くなったのは、民俗学の研究で口丹波に向かう途中のことだった。事故に遭《あ》ったのだ。――まさか。

「八幡さんの家を相続してそのまま住んでるよ」

良鷹はふたたび考えこむように黙る。沈黙は重かった。薄鈍色の雲が頭上にのしかかってくるようだった。

「くしゅん」

小さなくしゃみの音が、重たい空気を破った。幸がくしゃみをしたのだ。

「寒いか」良鷹は言って、幸の肩をさすった。川の上なので体が冷える。真帆も寒くなってきた。飛び石を踏んで岸のほうに戻る。弥生や良鷹たちもそれに続いた。

「弥生さん」

岸辺に戻って、良鷹が言った。

「八幡さんの件、僕が引き受けます」

弥生はすこし間を置いて、「そう」と答えた。

「じゃあ、あとは真帆が手伝ってくれるから」

「えっ？」

いきなりそんなことを言われて、真帆は耳を疑った。

「お父さん、なん――」

「よろしくね」

いつもの調子でそう押し切って、弥生は歩きだす。

「え、ちょっと、勝手にそんな――」

「べつにいらんで。手伝いがいるようなことかどうかもわからへんし」

良鷹はどうでもよさそうに言った。なげやりな口調に真帆はふり返る。良鷹はどこか陰《いん》鬱《うつ》な顔をしていた。口調に反して、その表情はまったくどうでもよさそうではなかった。

彼の顔を眺め、さっさとさきを行く父の背中を眺め、真帆はため息をついた。

「手伝いますよ」

「いや、ほんまにいらへんのやけど」

「でもどうせ面倒になったら呼ぶんでしょう」

「……」

真帆はもう一度ため息をついた。

「お父さんも良鷹さんも、事情は話さないくせにこっちに気を遣わせるの、やめてほしいんですよね」

「聞いてないんか」

「聞いてません」

良鷹は片手で髪をぐしゃぐしゃとかきまわした。「弥生さんはこれやからなあ……」

「良鷹さんのご両親が事故に遭ったとき、向かっていたのがその八幡さんのところだった、ということでいいんですか」

「そやな」

良鷹はどこか他人事《ひとごと》のように答えた。

「ほんで、八幡さんは弥生さんの客で、父さんに八幡さんを紹介したんが弥生さんやったんや」

真帆は口を閉じる。

「父さんも弥生さんの店の客やったからな。八幡さんは父さんが民俗学の研究者やと知って、なにかそういう話をしたみたいや。内容は知らんけど。それで父さんは研究する気になって、八幡さんとこに向かったんや」

その途上で事故に遭った。――知らなかった。自分でも顔が青ざめているのがわかる。

「お父さんが、八幡さんを紹介しなかったら――」

――良鷹の両親が死ぬこともなかったのではないか。

その言葉をのみこんだ。良鷹はちらりと真帆のほうを見る。

「弥生さんにそう言うたことがある」

良鷹は幸をうながして歩きだす。真帆とすれ違うとき、ひとこと、

「すまん」

とだけ言った。

八幡家を訪ねる段取りは弥生がつけてくれた。当日の土曜になって良鷹が出かける準備をしていると、真帆がやってきた。

「なんや、来たんか。ええて言うたのに」

「わたしも手伝うと言ったでしょう。約束ですから」

いつもの調子で真帆が言い返してくるので、良鷹はいくらか気が楽になった。弥生と両親の件を話してしまったことを、後悔していたのだ。

真帆はネイビーのリネンのニットに白いパンツという清潔そうな出で立ちだった。よく似合っている。このところ彼女もようやく服に気を遣うことを覚えたようだった。襟足《えりあし》のすっきりとしたショートカットが、目の大きなはっきりとした顔立ちを引き立てている。

「さ、行きましょう」

きびきびと言って真帆は玄関を出る。真帆は最近とみに彼女の母親に似てきたと思う。言えばたぶん否定すると思うが。

「――ん?」

玄関の扉を閉めようとした良鷹は、すぐうしろに立つひと影に気づいて手をとめた。

「幸？」

幸がスーツの上着の裾をつかんで、良鷹を見あげていた。今日はおろした髪に白い花のヘアピンをつけている。黒くてきれいな髪を丁寧にといてやったのも、ピンをつけてやったのも良鷹である。

「なんや、どうした？　用事か？」

幸は小さく首をふった。「……わたしも行く」

良鷹は目を丸くする。

「いや、なにも面白いとこ行くんとちゃうで」

「わたしも行く」

頑《かたく》なな言いように、良鷹は困惑した。幸がこんなふうに駄々《だだ》をこねることは、ほとんどない。良鷹はしゃがんで幸と目線を合わせた。

「どうしたんや。べつに、どこか行ってしまうわけと違うで。心配せんでええ」

幸はまた首をふった。瞳には驚くほど確固たる意思があり、良鷹の言うことを聞きそうにはなかった。

「つれてはいけへん。遊びで行くわけやないんや」

「でも、仕事というわけでもないですよね」

と言ったのは真帆である。

「つれていってあげたらどうですか」

意外なことを言う、と思った。

「そういうわけにもいかんやろ」

「良鷹さんのことを心配してるんですよ、幸ちゃん」

「心配?」

良鷹は幸を見る。幸はなんとも言わなかったが、否定もしなかった。

「心配て……俺はええ歳した大人やぞ」

そして幸は小学生である。

「心配するのもされるのも歳なんて関係ないでしょう。だいたい、良鷹さんは心配させるようなところがあるんですよ。自覚ないんですか」

「あるかそんなもん」

幸に心配をかけているとは思ってもみなかったので、いささか衝撃を受けた。それほど頼りなく見えるのだろうか。

「子供づれでいいかどうか訊いてもらいますから、ちょっと待っててください」

真帆はそう言ってすばやく弥生に電話をかけた。しばらく待って折り返しかかってきた電話では、八幡氏はあっさり快諾してくれたということだった。――こういう流れのときには、逆らってもしかたがない。これは幸をつれてゆけということである。それでも、これでいいのだろうかと思いつつ車庫に向かっていると、庭の雪柳《ゆきやなぎ》の陰《かげ》に猫を見つけた。白い猫。白露《しらつゆ》である。幸が走っていって白露の前にしゃがみこんだかと思うと、すぐに駆け戻ってくる。

「良鷹さんのこと、頼まれた」

などと幸が言うので苦々しく白露のほうを見ると、すでにその姿はそこになかった。最近、白露は鹿乃の前より良鷹や幸の前に姿を現すことが多いと思う。それだけこちらのほうが心配だということだろうか。

ため息をこらえて、車に向かった。

亀岡《かめおか》市にある八幡家に着くと、六十代くらいの男性が良鷹たちを出迎えた。がっしりとした体格をしているが、物静かな雰囲気のひとだった。象《ぞう》のような穏やかなまなざしをしている。彼が八幡茂美《しげみ》、良鷹の父と交流があった八幡史生《ふみお》の息子だった。

八幡家は団地の一画にあり、家もそう古いものではない。おそらく史生が建てたものだろうと思って訊けばはたしてそうだった。旧家だと思いこんでいた良鷹は内心、不思議に思う。——では、父はこの八幡家に民俗学的にどう惹《ひ》かれて研究対象にしようと思ったのだろう?

「野々宮さんご夫妻には、父もずっと申し訳なく思っていたようで……」

茂美は座敷の隅《すみ》にある仏壇のほうに目を向けながら言った。そう言う彼自身も申し訳なさそうに背を丸めている。

「ご夫妻がうちに来ようとしなければ、あんなことにはならなかったんですから」

「いえ、それは言いだしたらきりがないことですから」

淡々と良鷹は言った。茂美の妻が出してくれたショートケーキを隣で頰《ほお》張る幸を見やる。茂美が幸をつれて訪問することを快諾したのは、負い目があったからだと知った。

「そういうことなら、僕も思ってます。父は支度をするのが下手なひとでしたから、あの日も出かける直前にあれがない、これがないとあたふたして母に怒られていました。だから『そんなにあわてて たら事故するで』と僕は冗談まじりに言うたんです」

するりと水が流れるように語った言葉に茂美は息をのんだし、真帆も幸もフォークを動かす手をとめた。良鷹はつとめて感情をまじえず薄い口調で続けた。

「ずっと後悔してます。そんなもんでしょう。——史生さんには、葬儀《そうぎ》にも法事にも足を運んでいただいて、感謝してます」

良鷹は頭をさげた。八幡史生は三回忌にも花を供えに来たが、もうじゅうぶんだからと祖父母がそれ以降のお参りは断ったのだった。記憶に残る史生は、唇《くちびる》を厳しく引き結んで、こみあげる感情をじっとこらえているような顔をしている。

「あ、ああ……いえ……」茂美はなかばうろたえて、おなじように頭をさげた。

「それで」と良鷹は頭をあげると、幾分やわらかい、事務的な調子で言った。「ご相談というのは？」

「ええ――」茂美はほっとしたようにこわばった顔から力を抜いた。「ちょっと待ってください」

ふすまを開けて隣の座敷に行ったかと思うと、彼は古い袋物《ふくろもの》を手に戻ってきた。

「これは父が持っていた物なんですが……」

座卓に置かれたそれを見て、良鷹はすこし首を傾けた。

「史生さんが？　奥さまではなく？」

そう疑問に思ったのは、それが筥迫《はこせこ》だったからだ。懐紙《かいし》入れである。女性の持ち物であるし、おそらくこれは嫁入り道具として作られた物だろう。白い縮緬《ちりめん》地に花が金糸銀糸をまじえて精緻《せいち》にぎっしりと刺繍《ししゅう》されている。ふところから落ちるのを防ぐための落とし巾着もそろいの刺繍だ。房飾《ふさかざ》りは朱と金の糸で、贅沢《ぜいたく》にびら簪《かんざし》までついている。富裕な令嬢の嫁入り道具であるのは疑いがなかった。

「父の物なんです。その……話すとややこしいんですが、父の結婚相手が忘れていった物で」

その言いかたにひっかかる。『母』ではなく、『父の結婚相手』だ。

「──奥さまではない相手ということですか」

「そうです」茂美は言いたいことがすぐ伝わったことに安堵《あんど》したようだった。

「結婚相手といっても、実際、結婚には至らなかったんですが。祝言のあと、花嫁が消えてしまったので」

「消えてしまった?」

「忽然《こつぜん》と。どうも、べつの男と駆け落ちしたらしいんです。でも、父はちょっと不思議な話をしていて……夜、祝言のあと寝間にさがったら、花嫁は白無垢《しろむく》姿のまま、ぽつねんと座ってたそうなんです。父は酒を飲み過ぎたわけでもないのに、彼女に近づこうとしたら意識が遠のいたそうです。それきり眠ってしまったようで、目を覚ますと花嫁の姿はありませんでした。代わりに彼女が座っていたところにこの筥迫と山吹《やまぶき》の花が落ちていたそうです」

でも、と茂美は続ける。

「周囲の話では、花嫁は祝言のあとすぐに姿をくらませたそうで、昼のうちに男と町を出る彼女が目撃されてもいるそうです。だから父が座敷で見たのはそのひとであったはずがないと。――結局結婚はご破算になって、父は数年後、母と結婚しました。それで、ここからが本題なんですが」

茂美はひとつ咳《せき》払いをした。

「半年後に私の娘が結婚を控えていまして、この筥迫を箪笥《たんす》から出してきたのは娘なんです。昔、父にこれを見せてもらったことがあるらしくて、覚えていたんですね。せっかくだから式にこの筥迫を使いたいと。ところが、これを出してきた日の夜から奇妙なことが続きまして……」

最初に彼女がそれを見たのは、風呂あがり、明かりの消えた廊下でのことだったという。

「床に花が落ちていたそうなんです。黄色い山吹の花です。暗い廊下で、不思議とそれがくっきり見えて、娘はそれを拾おうとしゃがみこんで――そしたら、目の前に白無垢を着た女性の足もとが見えたそうで、驚いて飛び退《の》いたらその女性も山吹の花も消えていたと言うんです。それからもたびたび白無垢の女性と山吹の花は現れました。娘の前だけです。私も家内も見たことがありません。娘は――怖いとは言っておりません。そういう感じではないと言うんです。白無垢の女性は綿帽子《わたぼうし》をかぶっていて、いつも口もとしか見えないそうですが、笑っていると。なにか被害があるわけでもありません。ただ、私は直接見ていないからか、どうにも気味が悪くて……」

茂美は筥迫のほうをちらりと見やった。良鷹は筥迫を手にとる。

「……史生さんの花嫁の物にしては、古すぎますね。この型と刺繡は江戸時代の物ですよ。明治《めいじ》以降の筥迫はもっと小さい」

この筥迫は懐紙入れというより、小さめのバッグといったほうがいい。側面にまでぎっしりと刺繡された白い釣鐘《つりがね》型の花は、肉厚だ。肉入れ繡《ぬい》である。

「こういう花は筥迫にはめずらしいですね。鶴《つる》やら宝尽くしやら、吉祥文様《きつしょうもんよう》にするものですが。鳴子百合《なるこゆり》やろか。いや、違うな」

うなだれるような形の白い花は、うっすらと緑がかっている。

「『狐《きつね》の提灯《ちょうちん》』という花だそうですよ」

茂美が言った。「正確には、宝鐸草《ほうちゃくそう》というそうですが。父から聞きました」

「へえ……」

――狐の提灯。

なぜそんな花を嫁入り道具の筥迫に刺繡したのだろう。見栄えのする花なら、ほかにいくらでもあろうに。

「史生さんは、なんでこれを大事に保管してたんでしょうね。逃げた花嫁の残した物なんて」

シンデレラのガラスの靴じゃあるまいし、と思う。

「さあ」と茂美も首をかしげている。

「史生さんの奥さまはなにも言わなかったんですか？」

「言ってませんでした。父はこの箇迫やそれにまつわる話をべつに秘密にはしていませんでしたから、知ってはいたはずですが」

史生の妻もすでに亡くなっている。逃げた花嫁の物を夫がいつまでも後生大事に持っているなど、気分のいいことではなかったと思うが――。

「それだけその花嫁に未練があったんでしょうか」

「さあ……どうでしょうね。そのひととは見合いだったか、親同士が決めたのだったか、ともかくそんなことだったはずですよ。恋愛の末というわけでなかったのは記憶してます」

だから相手は想《おも》い人と駆け落ちしたわけである。――やはりよくわからない、と良鷹は腕を組む。なぜそんな相手の物をずっと持っていたのだろう。

「娘は父親の私が言うのもなんですが肝《きも》がすわったところがあるので、これについてもさして気にしてないようなんですが、私としては、お祓《はら》いでもしてもらったほうがいいのかと思ってるんです。——どう思います？」

良鷹は首筋をかいた。

「むやみに祓ってしまうのがいいともかぎりませんからね」

「弥生さんにもそう言われました」茂美は肩を落とす。「娘より私のほうが神経質になってると家内も言います」

娘の肝の太さは母親ゆずりであろうか。茂美は繊細なたちらしい。

「それなら、すこし調べてみましょうか。この筥迫について」

良鷹が提案すると、茂美は目に見えて安堵した様子を見せた。「ほんまですか」

「逃げた花嫁が持ってはったんやから、その花嫁の実家を調べてみたらいいでしょう。古い物やし、変ないわくがないかどうか。——花嫁というのはどこの誰なんか、聞いてはりますか」

「いえ、さすがに名前までは……近在のひとだったと聞いたような気はしますが」

「というとこの周辺の」

「ああ、違うんです。父の出身は京都の高雄《たかお》のほうで」

「高雄——神護寺《じんごじ》のある？」

「正確には、父の在所は槙尾《まきのお》だったそうですが」

嵯峨野《さがの》の北西にあるのが高雄だ。高雄山の中腹にある。神護寺のある高雄に、西明寺《さいみょうじ》のある槙尾、高山寺《こうざんじ》のある栂尾《とがのお》が街道沿いに並び、これらを合わせて三尾《さんび》と呼ぶ。紅葉の名所としても名高いところである。

「いずれにしても、山中の集落ですね。花嫁の在所はさらに山の奥だったそうです。祝言は槙尾の父の実家で行われて、花嫁行列がはるばるそこまでやってきたそうで」

白無垢の花嫁が親族をともない山道をくだってくるところを想像する。――そして花嫁は消えた。

「花嫁の実家があった集落の名というのも、はっきりとはわからないわけですね」

茂美はすまなそうに眉をさげた。「申し訳ない」

「いえ。史生さんが高雄にいたころの友人知人というのは、わかりますか」

そのひとたちに訊けば、知っているひとのひとりやふたりいるだろう。そう思ったのだが。

茂美はあいまいに首をかしげた。

「そういえば……父の昔の友人や知り合いていうのは、会《お》うたことなかったなあ……」とつぶやく。「こっちのほうの友人や、仕事でつきあいのあったひとなんかは多くいましたけど」

　妙な雲行きになってきた。

「――茂美さん。史生さんのご両親、つまり茂美さんにとっては祖父母ですけど、その家に子供のころ遊びに行ったりは」

　茂美は妙なことを訊かれたかのように目をしばたたいた。

「え？　いや、うちはそういうのはあんまり……盆正月に親の実家に帰省とか、そういう習慣がなかったので。そういうものだと思ってたので、大きくなってから驚いたんですよね。みんな正月にはお祖父《じい》ちゃんお祖母《ばあ》ちゃんからお年玉をもらってるわけですから。私はそもそも祖父母に会ったこともありません」

「――」

　良鷹は口もとを押さえた。いや、そういう家もあるだろう。実家と疎遠であろうと密であろうと、どちらでもいい。――しかし、この場合は。

「故郷と縁を切っていたということになりませんか」

　茂美はぽかんとした。

「そう――なりますか？　そうなんやろか。べつに、実家と縁を切ったとか仲が悪いとか聞いたことがなかったので」

当人にはそれが当たり前だったので、あまりピンとこないらしい。亀岡と高雄は山を挟んでいるとはいえ、遠方という距離ではない。それで行き来がなかったのなら、意識的にそうしていたということだろう。

――いったい、なぜ。

「一度、高雄に行ってみます。花嫁が祝言当日に逃げたというのはそれなりの事件だったでしょうから、近所のひとのなかには覚えているひともいるかもしれません。昔のことなのでわかりませんが」

「はい、お願いします」まだ戸惑《とまど》ったような顔をしつつも、茂美は頭をさげた。

「お願いする代わりといってはなんですが」顔をあげて、茂美は笑みを浮かべた。「娘の結婚式に簪を贈りたいと思ってるんです。ひとつ、いい物をさがしてもらえませんか。大正時代ごろのちょっと洋風の、櫛《くし》みたいなのがいいんですけど」

「わかりました」

うなずいて、良鷹は続けた。

「僕も代わりといってはなんですが、訊いてもいいですか」

「なんでしょう」

「父は――、こちらにうかがって、どういう研究をしようとしていたんでしょう」

茂美は困ったように笑った。

「それくらい、代わりやのうてもいくらでも話しますのに。いえ、わかっていればの話なんですが……すみません、私も野々宮さんが父とどういう話をしていたのか、どんな研究をしたがっていたのか、知らないんです」

そうですか、と淡白に良鷹は返した。——父が興味を持ったのは、なんだったのだろう。まさか、逃げた花嫁の話でもあるまい。いや、そうなのだろうか。不可思議な話ではあっても、民俗学の分野の話ではないと思うのだが。

八幡家を出てからも、良鷹の思考は逃げた花嫁と父の研究についてとのあいだで行き来していた。筥迫は茂美から預かってきている。風呂敷に包んだそれを、持ちたいというので幸に持たせていた。幸は八幡家にいるあいだも、今も、おとなしくしている。良鷹は後部座席の幸をちらりと見て、それから助手席の真帆も見やった。真帆も茂美と世間話はしていたが、本題では口を挟まなかった。

「高雄にもついてくるつもりなんか?」

そう問うと、真帆は車窓のほうを向いたまま、

「むしろ、そっちのほうが人手がいるんじゃないですか」

と返してきた。たしかに。

「幸は？」

ルームミラー越しに訊くと、風呂敷包みを大事そうに膝《ひざ》にのせた幸は、こくりとうなずいた。

「筥迫、気に入ったか？　今度ひとつ仕入れたろか」

幸はそれには答えず、

「これ、狐さんのやな」

と言った。

「え？　ああ、狐の提灯ていう花や」

「狐さんが持って、提灯にするんやろ？　嫁入り行列の――」

そんな絵本でも父親の亘《わたる》に読んでもらったことがあるのだろうか。

幸は膝にのせた風呂敷包みを、見守るようにじっと眺めていた。


家に帰ると、良鷹は書斎にひきこもった。父の研究ノートを調べるためだ。良鷹はノートをもとに父の残した研究を整理しているが、そのなかに八幡家にまつわるものはなかった。まだはじめていない研究だったからだ。父はなにを調べようとしていたのか。なにに興味を持ったのか――。ちょっとした走り書きくらい残っているかもしれない、と良鷹はふたたびノートやメモのたぐいを引っ張りだしてきた。

「……ないな」

ノートをめくりつつ、良鷹は息をつく。研究の整理をするために、もう何度も目を通したものだ。どこにどんなことが書かれているかも覚えている。途中になっている研究はいくつもあったが、それがなにかも。

良鷹は椅子《いす》の背にもたれかかり、腕を組んだ。

——新しい研究ではなく、これまでの研究とかかわっていることなのかもしれない。

だが、それにしても今の段階ではなにとどうかかわりがあるのか不明だった。口丹波を対象にした研究は多かったのでその方面かと思っていたが、八幡家は史生の代からの転住者だ。古くからある集落や旧家を調べていた父の研究対象ではない。

「高雄のほうを調査対象にした研究もなかったと思うけどな……」

史生の故郷。そちらを調べれば、父がなにを研究しようとしていたかも、篁迫にまつわるなにかもわかるかもしれない。高雄には、おそらく史生の秘密がある。

扉がノックされた。音の大きさと高さからすると、幸であろう。

「どうぞ」と言うと扉が開いて、幸が顔をのぞかせる。

「ここで宿題、してもいい?」

「好きにし」

幸は部屋に入ってくると、抱えていた教科書やドリルをテーブルの上に置いた。ソファには座らず絨毯《じゅうたん》に腰をおろす。教科書を広げて、おとなしく宿題をはじめた。幸はときどきこうして書斎に来ては、良鷹のそばで宿題をやる。わからない問題があれば訊いてくるが、そんなことはめったにない。担任の教師も成績優秀だと褒《ほ》めていた。良鷹は幸の様子をしばらく眺めてから、ふたたび机に積んだノートや本に向き直った。

幸はいつも、病気で臥《ふ》せっている父親のそばであぁして宿題をやっていた。だから今も誰かのそばでやりたがる。春先、桜を見る前に父親の亘は亡くなった。先だって一周忌の法要をしたが、そのあと幸はふだんに拍車をかけておとなしくなって、ぼんやりしていた。良鷹が亀の飛び石を見に幸をつれだしたのも、いくらか気が紛れるかと思ってのことである。

両親の一周忌のころ自分はどうしていただろう、と思い返せば、鹿乃の世話で忙しかった。しかし世話をしているようで、実際のところ救われていたのは良鷹のほうだった。

「幸」

ノートをめくる手をいったんとめて、ふり返る。名前を呼ばれて幸も鉛筆を持つ手をとめていた。手招きすると、駆け足でやってくる。そうするとちりちりと鈴が鳴った。良鷹がやった虎《とら》の根付《ねつけ》をポケットに入れているのだ。

良鷹は机の上に置いてあった陶器の蓋《ふた》を開けて、薄水色の金平糖《こんぺいとう》をつまむ。「口開けてみ」と言うと幸は素直に口を開いた。そこに金平糖を入れてやる。口を閉じて、幸はうれしそうに目を細めた。

「うまいか?」

「うん」

良鷹は金平糖の器《うつわ》を幸の前に置いた。「食べてええで」とうながしても、幸は遠慮してか手を出そうとしない。が、良鷹がまたひと粒つまめば口を開いた。入れてやるとおいしそうに食べる。雛鳥《ひなどり》に餌《え》づけしているようだった。

「良鷹さん、花嫁さんは、なんで白い服を着はるん?」

金平糖に満足した様子で、幸はそんなことを訊いてきた。「わたしのお母さんも、白い着物着て写真に写ってはる」

幸の両親はわりあい、写真を多く残していた。どうも、幸の母親が写真を撮るのが好きだったようだ。白無垢と紋付き袴《はかま》で写っているふたりの写真があったのは、良鷹も記憶している。

「死んだひとも、白い服を着はるやろ」

「――そやな」

幸は何気なく口にしたが、おそらく葬儀のさいの亘の姿が頭にあるのだろう。

「そやから、なんでかなあて」

良鷹は椅子の背にもたれかかる。

「婚礼と葬儀のしきたりは、よう似たところがあるんや。花嫁に茶碗《ちゃわん》に山盛りにしたご飯を食べさせて、家を出るときにその茶碗を割る。あるいは、藁《わら》につけた火をまたぐ。これは葬式の出棺《しゅつかん》のときに行われることでもある。一種のまじないやな。それだけ婚姻《こんいん》てものには危険がともなうと思われてたわけや。生家を出て婚家に入るていうのは、この世からあの世へ渡るに似た境界越えの儀式やったんや」

境界を越えるには、幾重《いくえ》にも呪術《じゅじゅつ》が必要になる。それが婚礼と葬儀のしきたりだ。良鷹は説明しながら、父も婚姻儀礼に関する論文を書いていたな、と思う。特定の地域の儀礼ではなく、広く婚礼習俗を論じたものだったと思うが。

「ほな、途中で花嫁さんが逃げてしもたときは、どうなるん？」

すこし首をかしげて、幸はどこか遠くを見て言った。ときどき、この少女は目の前にないなにかを見ている。

「どうなるんやろな。俺にもわからん」

あの筥迫にまつわる不思議は、それに起因するのだろうか。花嫁と山吹の幻影が意味するものは、なんなのだろう。


翌日、意外な客が野々宮家を訪ねてきた。

「お兄ちゃん、お客さん」

書斎にいた良鷹を、鹿乃が呼びに来る。「八幡さんてひと。昨日、お兄ちゃんが訪ねたお家《うち》のひとやろ？」

「八幡さん——茂美さんか？」

「下の名前まで聞いてへんけど。きれいなひとやよ」

「きれい……？」

六十代の男性に適当な表現だろうか。けげんに思って応接間に行ってみると、ソファに座っていたのは見知らぬ女性だった。三十代前半くらいの女性だ。肩辺りまでの髪は飾り気がないが、まっすぐつややかで丁寧に手入れされているのがわかる。それは肌や唇や爪に至るまでそうで、衆人の目を惹く美形ではないが、身にまとう空気がきれいだった。鹿乃が『きれいなひと』と表現したのがよくわかる。

「八幡怜奈《れな》です」

と彼女は立ちあがって礼をした。結婚を控えているという茂美の娘だった。

淡いブルーグレーのシャツを着た怜奈の首もとには、小さなダイヤのネックレスが輝いている。表情にも口調にもあまり愛想《あいそ》のない女性だったが、冷たいというより賢そうという印象が勝《まさ》った。なるほど、肝がすわっていそうな雰囲気もある。

「昨日、筥迫を預かっていただいたと聞いたのですが」

もしや、返せという苦情だろうか、と思ったが違った。

「花嫁と山吹の花は、そちらに現れましたか？」

「いえ」

筥迫は書斎に置いてあるが、そこに現れることも、ほかの場所に現れることもなかった。

怜奈はにこりともせず、納得するようにうなずいた。

「やっぱり。——昨日、またわたしの前に現れたんです」

「え？」

昨日は結婚式の打ち合わせに出かけていたそうだが、お色直しの打掛《うちかけ》を選んでいるときに、それを見たそうだ。

「衣装の陰に一瞬だけ見えて、すぐに消えました。いつもそんなふうですけど」

「筥迫はこちらにあるのに？」

つまり、白無垢の花嫁は筥迫ではなく、怜奈自身に取り憑《つ》いている――ということだろうか。

「でも、あの筥迫を出してきてからはじまったのは間違いないんですが……」

怜奈はいぶかしそうにしつつも、取り憑かれているかもしれない、というわりにはよく落ち着いている。

「なんにせよ、祖父の出身地を訪ねるんですよね？　それにわたしも同行させてもらえませんか」

「はあ」

もともと八幡家の問題なのだから、拒否する理由はない。

「以前からちょっと気になってはいたんです。父から、自分の祖父母に会ったことがないと聞いて。父方も母方も、両方とも祖父母の顔を知らないなんてこと、なかなか――」

「ちょっと待ってください」

良鷹は手で制した。

「母方も？　茂美さんは、母方の祖父母とも会ったことがないんですか？」

「ええ、そうです。父から聞いてませんか」

父方の祖父母――つまり史生の両親と会ったことがないというのは聞いた。しかし、考えてみれば茂美は『父方』と限定していなかった。うっかりしていた——良鷹は母方の祖父母とは会ったことがない。生まれる前にとうに亡くなっていたからだ。祖父母といえば、良鷹にはひと組だという感覚が根付いている。自分の感覚にさして疑問を持っていないふうだった茂美をどうこう言えない、良鷹だってそうなのだ。自分にとって当たり前だと、見落としてしまう。

「では、茂美さんの母親の出身地というのはわかってるんでしょうか？」

「出身地くらいは」と怜奈はうなずく。「たしか、北嵯峨《きたさが》だったかと」

「北嵯峨……」

高雄とはそう遠くない場所だ。これはどう考えればいいのだろう。

玄関の呼び鈴が鳴った。誰が来たのか、予想はしている。しばらくして、鹿乃が呼びに来た。

「真帆ちゃんが来はったで」

高雄へ行くために来たのである。良鷹は腰をあげた。

野々宮家に向かう前、真帆は父の店に寄った。客が来ていたので軽く頭をさげて、帳場の奥に回る。弥生はそこで椅子に腰をおろし、仕入れたばかりらしい御所人形を拭いていた。水引手《みずひきて》という、水引で結わえた前髪を描いてある人形だ。

「あれ、今日は高雄に行くんじゃなかった?」

弥生には昨日、そう報告ずみだった。

「これから行くところ」

「そう」と弥生は御所人形をテーブルの上に置く。「僕になにか用事だった?」

「用事ってわけでもないけど……」真帆は言葉を濁《にご》す。店内にいた客が染付《そめつけ》の蕎麦猪口《そばちょこ》を手にやってきたので、弥生が応対に立つ。代わりに真帆は奥に引っ込み、椅子に腰をおろした。テーブルには御所人形が座っている。丸々とした赤子の人形だ。丸々というよりむちむちといったほうがしっくりくるくらい、幼な子のはちきれんばかりの体つきがよく表されている。あどけないが上品な顔はどこか神々しさすらあり、じっと見つめていると絡まった心がほどけてゆくようだった。戻ってきた弥生に向かって自然に口を開けたのは、この人形のおかげかもしれなかった。

「お父さんが、良鷹さんのお父さんに八幡さんを紹介したんだってね」

弥生は向かいに腰をおろし、御所人形をふたたび手にとる。「うん、そう」と答えた弥生の声はいつもどおりやさしくやわらかだった。

「知らなかった」

「言ったほうがよかった？」

真帆はすこし黙ってから、「せめて、今回の件をわたしに手伝わせるならその前にね」とため息をついた。

「そっか。ごめん」

「軽いなあ……」

「僕はどうでもいいことのほうが多いんだけど」弥生は膝にのせた御所人形に目を落とす。

「どうでもよくないことほど口にできなくてね」

真帆はテーブルに頬杖をついた。

「知ってる」

「真理子《まりこ》さんから聞いた？」

真帆の母、つまり弥生の元妻である。

「まあね」

「僕が紹介しなかったら、慶介さんたちは死ぬこともなかったと思うよ」

伏し目がちになった弥生の瞳には影が落ちて、感情がよく見えない。真帆は父が膝にのせた御所人形のうしろ姿を眺めた。

「良鷹さんがお父さんにそう言ったことがあるって、言ってたよ。――『すまん』って、わたしに言った」

弥生は目を閉じる。

「慶介さんたちの葬儀のあとだったかな。良鷹くんにそう言われて、返す言葉もなかった。当時、良鷹くんは中学生だったたね」

弥生は薄く目を開けて、人形の顔を見つめた。

「あんな言葉を彼に言わせてはいけなかったのか、言わせたほうがよかったのか、僕にはわからないよ。口にした言葉は翻って当人を傷つけるものだから。実のところ、あのとき良鷹くんは自分自身をいちばん責めていたんだろうね」

真帆は、昨日の良鷹を思い出す。八幡家で語った後悔の言葉。

「……わたしの記憶にあるかぎりじゃ、昔の良鷹さんはこの店の上客って感じしかなかったから、全然知らなかった」

「四十九日が終わってから、謝りに来たんだよ、良鷹くん。ひどいこと言ったたって。それからだね、うちにときどき来るようになったのは」

弥生は立ちあがると、うしろにある棚に人形を置いた。今度はその隣にある抱き人形を手にとり、大事そうに拭きはじめる。真帆は時計を見やり、腰をあげた。

「じゃあ、行くね」

「行ってらっしゃい」

弥生は人形の手をとり、真帆に向かってふった。

良鷹は車に真帆と幸、それから怜奈を乗せて高雄に向かうことになった。幸がいるから か真帆は菓子を買いこんできていて、「好きなの食べていいよ」とすすめていた。ハイキングにでも行くような大きなリュックを背負ってきたと思ったら、食料やら飲み物やらを つめこんできたらしい。すっかり行楽気分である。

「幸ちゃん、高雄は行ったことある？　紅葉見にとか」

「ううん」と幸はチョコチップクッキーをかじりつつ首をふる。「紅葉は、糺《ただす》の森がきれいやった」

「ああ、そうだよね。わたしも行ったことなくて」

「わたしも」と怜奈も言う。彼女はスルメをかじっていた。それも真帆が持ってきたらしい。「近いわりに一度も」

「見晴らしいいでしょうから、着いたらどこかでご飯食べましょうよ。おにぎり作ってきたんです」

遠足と違うんやぞ、と言いたくなったが、幸が目を輝かせているので良鷹は黙っていた。

高雄にはハイキングコースもあるから、また今度幸をつれてきてやってもいいかもしれない。

車は市街地を抜け、次第に民家よりも緑が増えてくる。道はゆるやかなカーブを繰り返し、気づけば山裾に入っていた。一本道をひたすら進む。道幅はどんどん狭くなるが、迷いそうにないのは助かった。細かなカーブが増えてきた登り坂を、スピードを落としてのんびりと走る。助手席に座っている真帆が缶コーヒーを「飲みますか?」とすすめてきたが、断った。つぎに真帆は作ってきたというおにぎりを幸と怜奈に配りはじめた。カラフルな模様の入ったクッキングシートでひとつずつ包んである。「おかかと鮭《しやけ》、梅干しがあるんですけど」などと言っている。幸は小さめに握られたおにぎりを、お気に入りのクマのポシェットに大事そうに入れていた。

「あの、ちょっと訊いてもいいですか?」

さらに緑が深くなってきたころ、真帆が怜奈に尋ねた。「さしでがましいことかもしれないんですけど」

「なに?」缶コーヒー片手に怜奈はうながす。愛想のないわりに怜奈にはとっつきにくい雰囲気がなく、真帆ともすんなり馴染んでいる。

「怜奈さんはあの筥迫を、どうして結婚式で使おうと思ったんですか? なんというか

――あまり縁起のいい品とは思えなかったので」

逃げた花嫁が残していった品である。たしかに縁起でもない。

怜奈は缶コーヒーを傾けて、ひと口飲む。

「そんなに縁起が悪い？　わたしはそうは思わんかったけど……不思議な話やけど、すてきやなあって」

「すてき……？」

真帆はけげんそうに訊き直したし、良鷹も内心首をかしげた。怜奈もまた真帆の反応が意外だったらしい。おたがい、不思議そうな顔をしている。それで、良鷹はもしや、と思った。――さっきとおなじだ。当たり前だと思っていると、見落とす。

「怜奈さん、あなたはあの筥迫のことを、史生さんから――お祖父さんから聞いてたんですよね。それは、どういう話やったんですか」

良鷹はそう質《ただ》した。

「父から聞いてるんじゃ――」

「茂美さんが聞いている話と、あなたが聞いている話がおなじとは限らないでしょう」

「はあ……」そうだろうか、という顔をしつつも、怜奈は教えてくれた。

「わたしが祖父から聞いたのは、たしか、高校生のときだったと思います。簞笥であの筥迫を見つけて。祖父は、『それは花嫁の忘れ物や』と言いました。それで祝言のときの不思議な話をしてくれたんです。祝言のあと、寝間に行ったら白無垢姿の花嫁が座っていて——」

茂美が話していたこととおなじだ。

「そうしたら、意識が遠くなって眠ってしまっていたって。気づいたときにはもう花嫁はいなくなっていて、筥迫と山吹の花だけ残っていたそうです」

やはりおなじか。見当違いだったか、と思ったが——。

「その数年後、京都の町でひとりの女性と会ったとき、祖父はとても驚いたんだそうです。そのひとが、祝言の夜に見た花嫁とおなじ顔をしていたから」

「え?」と良鷹と真帆の声がかぶった。

「どういう意味ですか」良鷹はちらりとルームミラーで怜奈の顔を見やる。「逃げた花嫁を見つけたということですか?」

「あ、いいえ、そうと違《ちご》て」怜奈はどう話したらいいだろう、というように目を動かした。「祝言の夜、寝間にいた花嫁の顔を、祖父は一瞬だけ見たんです。立っているときは、うつむいた花嫁の顔は綿帽子で隠れて見えなかったそうなんですが、眠くなって畳《たたみ》に倒れこんだときに。祝言のときに見た花嫁とは別人だったそうです。でも、とてもきれいな娘さんだと思ったと」

――花嫁が別人。それは、と良鷹は思ったが、怜奈が話を続けるのをとりあえず黙って聞いた。

「それで、その夜の花嫁とおなじ顔をした女性に会って、祖父は『ああ、このひとや』と思ったそうで――求婚したそうです。運命を感じたみたいですね」

「じゃあ、その女性って」と真帆が言う。

「わたしの祖母です」怜奈はちょっと笑った。「不思議やけど、悪い話やないでしょう。なれそめがつまってるようなものですから」

だから、怜奈はあの笏迫を使うことに抵抗がなかったのだ。

「しかし――」良鷹は言うべきか迷って、結局口にした。「それは逆に、不思議ではなくなるのでは」

「え？」

「花嫁は祝言のあと、男と駆け落ちした。でも史生さんは夜、花嫁が寝間にいるのを見た――すぐに意識を失ってしまったけれど。寝間にいた花嫁というのは、つまり、本物の花嫁が逃げるまで時間稼ぎをするための、身代わりやないですか」

そう考えれば、いるはずのない花嫁がいた不思議はなくなる。

「そしてその身代わりをつとめたのが、あなたの祖母だった、ということでしょう」

怜奈は束の間ぽかんとして、まさか、とつぶやいた。しかしすぐに眉をよせて、「そうでしょうか」と反論した。

「話を聞いたとき、わたしはそこまでの話だとは思いませんでした。祖父はあくまで不思議なこととして話してくれましたし……わたしはむしろ、祖父の勘違いだと思っていたんです」

「勘違い？」

「脳の間違いというか。デジャブというのがあるでしょう？　祖父は祖母に出会ったときひと目惚《ぼ》れして、それによって記憶が改竄《かいざん》されてしまったんじゃないかって。あのときの花嫁はこのひとだ、運命だって思いこんだんやないかなって、わたしは思いました。けっこう記憶って、都合よく書きかえられたりするものでしょう？」

良鷹は口を挟まず、黙っている。

「それはそれで、かわいらしい話でしょう。わたしの前に現れる花嫁も、だから祖母の幽霊なのかなって実は思っているんです。だから怖いと思いません。祖母はとてもかわいらしいひとだったんですよ。おとなしいひとでしたけど、いつもにこにこしていて。わたしはちっとも似ていませんけどね。——祖母はわたしの花嫁姿が見たいのかもしれません」

だから現れるのかも、と言う。良鷹は怜奈がしゃべるのを聞きながら、べつのことを考えていた。

――姿を消した花嫁。その花嫁とおなじ顔をした女性。

史生の話がほんとうなら、その女性は――。

良鷹は唇を引き結んで考えこむ。怜奈は良鷹が黙ったので、彼女の説に納得したと思ったらしい。披露宴で着る予定の衣装について真帆と話しはじめた。筥迫に合わせるのだという。

「――お祖母さんは、名前はなんというんですか」

やや唐突に尋ねると、真帆と話していた怜奈はちょっと驚いたように言葉をとめて、

「妙《たえ》です」

と答えた。

「旧姓は」

「それは……なんやったかな。覚えてません。父ならわかると思いますけど」

訊いてみましょうか、と言うので頼んだ。電話をかけていた怜奈は、

「山上《やまがみ》というそうです」

と教えてくれる。山上妙――彼女は何者だろうか。そしてあの筥迫は。

まぶしいまでの新緑が両側から覆《おお》いかぶさってきそうな道を走りながら、良鷹はかすかな声をもらした。

「……ひょっとして、ほんまにガラスの靴やったんやろか……」

そのつぶやきは真帆にも聞こえなかったようで、どういう意味かと問われることはなかった。

カーブを曲がったところで急に視界が開けて、集落が現れた。昔ながらの瓦屋根《かわらやね》が一帯に並び、白壁の土蔵が残っている家屋敷も多い。斜面に建てられているので、家々の土台には石垣が組まれている。古びた石垣が苔《こけ》や草に覆われているのも風情があった。

曲がりくねった道をさらに進み、槇尾地区に入る。有料駐車場があったので、そこに車をとめておりた。史生の生家の住所は茂美から聞いている。絶縁していようとも戸籍をたどれば転籍前の住所はわかる。史生が死亡したさい取り寄せた戸籍謄本《とうほん》のコピーを茂美が保管していたので、調べる手間がかからず助かった。

――が、住所がわかったからといって、その家が現存しているとはかぎらない。

「ここですか?」

真帆が辺りを見まわして言う。「なにもないですね」

なにもなかった。家があったはずの場所は、更地になっていた。石垣は残っている。しかしその上に家はなく、雑草が生い茂るばかりだった。

「まあ、半分予想はしとったけど」

良鷹はすこしさがって、周辺の家を眺めた。近くに家が二軒ある。一軒は比較的新しい家だった。石垣はコンクリートで固められ、その上にブロック塀ができている。もう一軒はずいぶん古い家のようだった。屋根瓦は艶《つや》もなく色褪《あ》せて、石垣は苔むしている。良鷹はそちらに足を向けた。石段をあがり、玄関に向かう。家のあるじは庭に興味がないようで、草が茂るに任せてある。玄関の柱や木戸は風雨にさらされすっかり色が抜けていたが、悪い木材は使われていない。古いがしっかりした普請《ふしん》の家だ。

「ごめんください」

声をかけて戸を開けようとしたが、開かなかった。閂《かんぬき》がかけられているような感触だ。留守だろうか、と家を眺める。

「あ、幸ちゃん」

真帆が声をあげた。見れば、幸が家の裏手に向かおうとしていた。

「幸、勝手に——」行くんやない、と良鷹はあとを追ったが、ちょうどそのとき裏手からひとが現れた。

「なんや、あんたら。うちに用か?」

白髪を短く刈りこんだ、小柄な老人だった。格子柄《こうしがら》のポロシャツの上に、ポケットがたくさんついたベストを着ている。手に盆栽用らしい鋏《はさみ》を握っていた。

「セールス——とはちゃうか。宗教の勧誘——ちゅうわけでもなさそうやな」

良鷹と幸をけげんそうに見比べる。うしろから真帆と怜奈もやってきて、さらに老人の顔はけげんなものになった。

良鷹が口を開く前に、怜奈が進みでた。

「あの、わたし八幡怜奈といいます。あちらの更地に昔、八幡という家があったと思うんですけど——」

八幡という名を聞いたとたん、老人は目をみはった。

「八幡て、あんたもしかして史生の孫かなんかか?」

「史生は祖父です」

「へえ」と老人は驚いたような声をあげた。「そうか、へえ、孫なあ。史生の」何度もそんなことを言うにつれて、興奮したように声が大きくなる。

「元気か? 史生は」

純粋に問われて、怜奈は一瞬言葉をつまらせた。

「いえ、あの……」言葉に迷う怜奈の様子に老人は察したようだった。

「ああ、そうか。わしかてもうこんな歳やしな」頭をかいて、老人は家の裏手を顎《あご》で示す。

「せっかく来たんやし、あがってき。表の玄関はいつも使《つこ》てへんさかい、裏口からで悪いけど。――あ、なんぞ用があって来たんか？」

「祖父のことをお訊きしたくて来たんです。祖父の祝言でのことや、どうして祖父が実家と縁を切っているような状態だったのか。ご存じですか？」

老人はちょっと眉をよせた。知っている顔だった。怜奈はバッグから風呂敷包みをとりだす。良鷹は彼女に筥迫を渡していた。風呂敷を開いて、怜奈は老人に筥迫を見せる。

「この筥迫、ご存じですか？」

「――あの花嫁の残していったもんやろ」

老人はしぶしぶといった様子で答えた。「なんで今更、史生のことを聞きたがるんや？」

「わたし、今度結婚するんです。そのときこの筥迫を使いたいと思ってます。それで、祖父のことを知りたくなったんです」

怜奈の言葉には静かな熱意があった。老人は何度かうなずく。「そうか。そらそうやろなあ。うん」また頭をかいて、「まあ、ともかくなかにあがり」ときびすを返した。怜奈はそれに従い、良鷹たちも続く。

家の裏手は表よりもむしろ整然としていた。表の庭のようにほったらかしではない。棚がいくつか設《しつら》えられており、盆栽が並んでいる。この老人は庭には興味がないのに盆栽は好きらしい。

裏口というのは内玄関で、昔からふだんはこちらを利用していたものらしい。なかに入ってすぐの座敷に通される。箪笥や棚に卓袱台《ちゃぶだい》、テレビなどが集まっていて、応接間ではなく老人の生活の場であるらしかった。屋敷の広さからすればこうもひと部屋にあれこれ押しこめずともいいだろうに、と思う。おそらく、あちこちの部屋に行き来するのも掃除するのも面倒だからだろう。ひとり暮らしだと思ったが、やはりそうだった。子供たちは街中に出ていって、妻は数年前に亡くなったそうだ。お茶をすすめながら老人はそんなことを話した。

老人は井出一夫《いでかずお》といった。史生とは幼いころからの友人だったそうだ。

「家が隣同士やったさかい、物心つく前から一緒に遊んでたわ」

そう言って井出老人はお茶を飲む。

「史生の家は、祖父さんの代までは羽振りのいい材木商やったんやけどな。父親の代からちょっとずつ傾いてきてた。そやから、長男の史生に金持ちの嫁さんが必要やったんや。その相手が山上の久恵《ひさえ》さんやった」

「山上？」

良鷹は訊き返す。それは史生の妻の旧姓ではないか。

「そうや。山吹郷《やまぶきごう》の山上」

「山吹郷――というところに住んではったんですか？」

「通称やけど。ここのずっと山奥。山吹が群生してるさかい、昔からそう呼ばれてる。山吹郷の山上いうたら、狐憑きの一族やて言われてた」

――狐憑き。

「というより、山吹郷自体が狐の里やと。ほかの村とあんまり交流のない、ひっそりした小さな村やったのもあって、どこか不思議な雰囲気があったせいやろな。実際、狐はようけ棲《す》みついてたみたいやし。ほんで、山上家は山持ちの金持ちやった。里に咲く山吹の花が小判になってるんやないかて昔話では言われてたわ。わしもいっぺんあの村に行ったことがあるけど、ちょうど山吹の花の時季でな、黄金《こがね》色に山肌が染まって、夢みたいな景色やった」

井出老人は懐かしそうに遠くを見る。

「狐憑きの一族から嫁をもらうことに反対するひともいたけど、史生の父親が押し切った。おまえはそれでええんか、てわしも史生に訊いたことがあるけど、『誰でも一緒や』て笑ってたわ。史生の父親は、息子の意見なんぞひとつも聞いたことのないひとやった。史生は大学に行きたがってたけど、商売に学問がなんの役に立つんや言うて行かせへんかった。そのくせ、商売に意見しようものなら生意気やて殴るんやさかい、どうにもならん。史生はあの親父さんに五体を押さえつけられてるようなもんやった。そんなんやから、どこから嫁をもらおうとどうでもよかったんや」

「ひどい」と怜奈がつぶやいた。

「そやろ、あの親父さんは――」

「違います。祖父の父親もひどいですけど、祖父だってひどい。花嫁の気持ちを考えたことがありますか。金のために嫁にもらわれたうえに花婿《はなむこ》がそんなふうに投げやりじゃ、花嫁は心の拠《よ》りどころがありません」

井出老人は気まずそうに頭をかいた。

「そら、うん――そやな。そやさかい、久恵さんは逃げだしたんかな」

「妙さんという身代わりを立てて、ですか？」

良鷹は口を挟んだ。怜奈が非難するような目を向けた。「それはさっきも――」

「なんや、そこまで知ってるんか」

拍子抜けしたように井出老人が言ったので、怜奈は「えっ」とあわててそちらを向いた。

「まさか、ほんとうにそうだったんですか?」

「そうや。祝言のあと久恵さんは妙さんと入れ替わって、逃げたんや」

やはりそうだったか、と良鷹は思う。それが史生の語った不思議な話に、いちばん説明のつく理由だった。

「でも、そんなこと――そもそも、久恵さんと祖母はどういう関係で」

「知らんのか。あのふたりは従姉妹《いとこ》同士や」

「従姉妹……」

「妙さんの家は山吹郷を出た一家や。そういう家もちらほらあった。狐憑きて言われるんを嫌ってな。たしか、北嵯峨に住んでたと思うけど」

「……でも、それならどうして身代わりをすることになったんですか」

「ふたりのあいだにどういう話があったんかは、わしもよう知らん。ただ、あの一族には嫁入りするときにはとくべつな風習があったんや。その役目で妙さんはもともと花嫁行列に加わる予定やった。わしもそれを見た。奇妙なもんやったな。白無垢の花嫁がふたり並んで歩いてるんやさかい」

「花嫁がふたり……?」

「そうや。不思議やったな、どっちが本物の花嫁か見分けがつかんかった」

良鷹は口もとを押さえた。

「——添い嫁」

ぽつりとつぶやくと、全員の目が良鷹に向けられた。

「なんて言いました?」と真帆が訊く。

「添い嫁や。昔から、そういう風習のある地域はある。嫁入りのさいに、花嫁とおなじような衣装を着せて同行させるんや。添い婿ていうのもある」

父の著書で読んだことがあった。婚礼にまつわる風習だ。

——そうか、これだったのだ。

史生に関して、父が興味を持ったこと。おそらくこの添い嫁だ。

「なんでそんなことをさせるんですか?」と真帆は不思議そうに言う。

「はっきりしたことはわかってへん。花嫁や花婿の引き立て役やとか言われたこともあるけど、目眩《めくら》まし、偽装やないかていう説もある。俺もそう思う」

幸に昨日説明したことだが、婚礼という行為には危険がともなうと考えられていた。だから葬儀と共通したまじないを行うのだ。それとおなじで、花嫁当人を特定させず危険を回避させる意図があったのではないか。良鷹はそんなふうに説明した。

「へえ、理由があるもんなんやなあ」と井出老人は感心している。「ただ、あの一族の風習はもうちょっと変わってたと思うで」

「変わってた?」

「ほら、その筥迫。それは昔から、偽《にせ》のほうの花嫁が必ず持っていった物なんやて」

偽のほうの花嫁が――。良鷹は眉をひそめる。どういうことだろう。

「ほんで、偽の花嫁は婚家にはついていかへんのや。途中で道をわかれて、引き返すんやと」

「――引き返す?」

良鷹は耳を疑った。添い嫁でそんな風習は聞いたことがない。花嫁のそばを離れてしまっては意味がないからだ。なかには初夜のさいに隣に寝ることだってあるくらいの風習である。

――なぜだ。どうしてそんな真似《まね》をするのだろう。

それがずっと受け継がれてきたのなら、必ず意味のあることだ。

良鷹はひとつ気づく。――引き返すのが風習だったのなら、妙はそれを破ったことになる。彼女は花嫁の代わりに婚家に足を踏み入れてしまったのだから。

「まあ、ほんで妙さんが身代わりになって、久恵さんが逃げて、寝間で待ってた妙さんのとこに史生が現れたわけや。そこで史生は意識を失ってしもた。そんな酒を飲んだわけでもないのに、おかしな話やろ。相手に薬でも盛られたんやないかって、これもまた騒ぎになったわ。それはそれとして、たいへんになったんはべつのことや」

「べつのこと、というと」怜奈が首をかしげる。

「史生がそのとき一瞬だけ見た身代わりの花嫁に惚れてしもたんや」

「あっ……」

「わしからしたらようわからん話やけどな。花嫁を逃がすために自分を騙《だま》した相手やで。久恵さんが逃げた件は大ごとやったんや。親父さんはもちろんカンカンに怒ってな。こんな辱《はずかし》めはないいて言うて。久恵さんの両親がだいぶ慰謝料払ったて話やで。そのうえ――花婿は偽の花嫁に惚れてしもたわけやから。そんなん親父さんに言うて許してもらえるわけないさかい、史生は黙って身代わりをした娘をさがしはじめたんや」

相当な惚れこみようである。――やはり筥迫はガラスの靴だったのだ、と思った。恋しいひとが落としていった忘れ物だ。

「史生はわしにだけ、そのことを打ち明けてくれた。わしはあきれた。なにをそこまで、て思たわ。花嫁なんて『誰でも一緒や』なんて言うてた男やで。宗旨替えしたんか、てからかいもした。そやけど史生は、照れくさそうに笑ってなあ。『泣きそうな顔してたんや』て言うんや。不安でたまらん、逃げだしてしまいたい、あの子はそんな顔してたんや。その顔見たら、なんやどうしてもこの子が欲しいて思たんや――そんなこと言うてたわ」

わしも根負けして手伝《てつど》うてやった、と井出老人は笑う。

「山上《やまがみ》の家のほうに訊いてみたりしてな。史生は親父さんの目があって、おおっぴらにそんなことできひんさかい。ほんで、あのときの身代わり娘が久恵さんの従妹やてつきとめたんや。わしの手柄やで」

そう言って得意げにした。――そして史生青年は妙と再会するわけだ。一瞬かいま見ただけの面影を追って、彼はついにたどり着いたのだ。

「――でも、それからもたいへんだったんじゃありませんか」

良鷹は訊いた。

「史生さんの父親は、ふたりの仲を承知せんかったんとちゃいますか。それは妙さんの両親や、久恵さんの両親かてそうでしょう」

「……そうや。とくに史生の親父さんがな。あのひとは自分をこけにした相手のことは絶対に許さへん。妙さんと結婚したいて言うた史生をさんざん殴りつけた。……史生はその日のうちに家を出た」

井出老人の目がさびしそうな翳《かげ》を帯びる。

「わしのとこにだけ、別れのあいさつに来た。いろいろ世話になったて。二度とここに来ることはないけど、元気で——て。それきりや。ほんまにあいつ、来ぃひんかったな。口にしたことは守るやつやったさかい、そんなとこでも律儀やったな」

彼は乾いた笑い声をあげたあと、深い息を吐いた。

「妙さんのほうも猛反対されたみたいや。あの子も駆け落ちの手助けなんかして、一族の顔に泥を塗ったようなものやったさかい、あれから針のむしろやったみたいやし。そやけど、彼女のほうでも史生を好いてた。やっぱり顔を合わせたあの祝言の夜にな。――彼女もこっそり家を出て、史生と落ち合ったんや。それからさきのことは、わしは知らん」

「――そこまで手助けしてくださったんですね」

怜奈が言った。「ふたりが落ち合うところまで。そこまで見届けて、そっとしておいてくださったんですね」

井出老人はすこし笑みを浮かべる。「歩いて山をおりるなんて言うさかい、うちの軽トラで送ってやっただけや」

「ありがとうございました」怜奈は頭をさげた。

「いや、わしのほうこそ、あんたに会えてよかった。まさか、史生の孫に会えるとは思わんかった」

まるで自分の孫でも見るかのように、井出老人は目を細めた。

また来ます、と怜奈は言い、良鷹たちも礼を言って井出老人の家を出た。良鷹は出る前に山吹郷への行きかたを彼に尋ねたが、「あの村はもうないで」と言われた。戦後、一家また一家と村を離れてゆき、そのうち廃村になったそうだ。それでも一応場所だけ聞いておいた。

「――史生さんが見た花嫁が身代わりをしていた妙さんだったなら、今、怜奈さんのもとに現れる花嫁は、なんなんでしょう？」

路地に出て、真帆が疑問を呈《てい》した。「やっぱり、妙さんの幽霊？」

良鷹は腕を組み、考えこむ。――引っかかっていることがある。妙が風習を破ったことだ。風習に意味があったなら、破ったことにも意味が生じるはずだった。そして、それが今にも影響を与えているのではないのか――つまり、怜奈のもとに現れる山吹と花嫁だ。

「……山吹郷に行ってみたい」

良鷹はそう言うと、皆の返事も聞かず、車のある駐車場に向かって歩きだした。

井出老人に教えてもらったとおりに車を走らせる。民家はなくなり、ただ緑だけが続く道を進んだ。舗装されていない脇道に入ると、急に勾配《こうばい》がきつくなる。それでも道が平らにならされているだけまだましで、しばらくすると草木が生い茂るままに放置され、道とは言えなくなった。草のあいだに倒木や岩が転がっていないとも限らないので、良鷹は車をその手前でとめる。さいわい、どうにかUターンできるだけの場所が作られていた。

「たぶん途中で道もなくなってるで」と井出老人から聞いていたが、ここまでのようだった。

良鷹は車をおりる。徒歩でならさきに進めるだろうか。村にたどり着いたところで、わかることがあるかどうかは不明だが。

道をふさぐ野芥子《のげし》やどくだみの葉の向こうを眺める良鷹に、「あの」と怜奈が声をかけた。

「訊きそびれて気になってたんですけど、井出さんが言っていた『狐憑き』って、どういうことですか？　狐の霊が取り憑いてるとか、そういうことですか」

「ああ」と良鷹はふり返る。

「そういう意味もあるけど……一族ていうんやから、たぶん、狐使いのほうやと思う」

「狐使い？」

「修験者や巫女《みこ》が呪法の手先に使ってた。山上家は代々、そういう家系やったんやろう。あるいは、狐神を祀《まつ》ってた家系やったか。狐はひとを騙くらかすように言われるけど、古くはむしろ親切な存在として語られてる。『コンコンサマ』とか言うて、土地神さまとして祀られてたりな。山上の家がどういうふうに狐と関わってたのかはわからへんけど——」

良鷹はつと言葉をとめて、考えこむ。山上家が狐使いだったなら、娘が嫁《とつ》ぐさい、なにに気をつけただろう。なにを危険としてとらえて、回避しようとしただろう。それがあの添い嫁の風習につながっているはずだ。

——狐使いなら、使役する狐がいる。

あの筥迫を持った偽の花嫁は、なぜ引き返すのか。筥迫には狐の提灯がある——『狐さんが持って、提灯にするんやろ？　嫁入り行列の——』。幸の言葉を思い出した。

目印だ。あれは狐をひきつける目印の提灯なのだ。そして、花嫁は引き返す。狐をつれて。——狐を婚家につれこまないための策だ。一族の外に使い狐を放出させないためか、嫁ぎさきで問題を起こさないためか、そのどちらもか。

「幸」

幸はどうしてあんな言葉を。

良鷹は車のほうをふり返った。怜奈と真帆は外に出てきているが、幸の姿はない。車のなかにいるのかと思い、良鷹は戻って窓をのぞきこんだ。が、いない。

静かに血の気が引いた。

「——幸！」

良鷹は車を離れ、周囲を見まわした。声は木々のあいだに吸いこまれる。真帆たちもあわてたように幸の姿をさがした。

「一緒に車をおりて、さっきまでそばにいたのに」

真帆が青ざめている。怜奈も同様だ。たぶん、自分もそうだろう、と良鷹は額《ひたい》を押さえた。

子供の足で忽然《こつぜん》といなくなってしまうなんて不可能だ。街中ならともかく、こんな山中で。

「お――落ちたわけじゃありませんよね？」

怜奈は崖《がけ》になった道の下をのぞきこむが、その高さにすぐに頭を引っ込めた。

「落ちたら音がする」とだけ言って、良鷹は否定した。唇を嚙《か》んで、きつく眉根をよせる。

――なぜ、幸はあんなことを言ったのか。

『これ、狐さんのやな』

狐の提灯のことを言ったのだと思った。だが――。

幸はなにを見ていたのだろう？　どうしてあのとき、気にとめて訊かなかったのだろう。

良鷹は草に覆われた道に足を向ける。「良鷹さん」真帆が引きとめるのも無視して、良鷹は草のなかに分け入った。

幸は草むらのなかを走っていた。前を駆ける獣《けもの》がいる。それは草のあいだをすべるように走り抜け、一心に前へ、前へと駆けていった。

白い毛並の狐だった。その姿は新雪のようにふんわりと輝いて見える。

幸が車からおりたとき、そのそばをすり抜けてあの狐もおりていったのだ。それまで狐なんて乗っていなかったのに。幸は狐に引き寄せられるようにして、あとを追っていた。

気づくと幸は草むらのなかにいて、狐が前を走っていたのだ。

――ここはどこなんだろう。

そんなことをちらりと思ったが、答えが見つからないまま、狐はどんどんさきへと駆けてゆく。あの狐を、幸は前にも見たように思う。筥迫を手にしたときだ。見たというのは違うだろうか、頭に浮かんだのだ。狐がぼんやり光る花を手に提《さ》げて、花嫁行列に加わっているところを。それで、この筥迫は狐の花嫁の持ち物だったのだろうか、と思ったのだ。

ふいに草むらが途切れて、幸は立ちどまった。

「わあ……」

思わず声がもれる。目の前に一面、黄金色の海が広がっていた。

花弁が揺れている。山吹の花だった。満開になった山吹の花が、辺りを埋めつくしているのだった。

黄金色の波のあいだを、白い狐は飛び跳ねるようにして進んでいた。幸もまた山吹をかきわけて進む。かきわける手が、花弁に触れる髪が、黄金色に染まってゆくような気がした。

狐はふと幸に気づいたように足をとめ、ふり返る。すると、その姿はするりと煙のように変わって、白無垢の花嫁になった。幸は目を丸くする。花嫁はにっと唇の端をあげた。きれいな顔をした、陽気そうな娘に見えた。

「おまえ、山上の者とは違うな。どうしてここにいる」

娘は甲高い声で尋ねた。幸は彼女の顔をじっと見つめる。

「あなたのあとを追ってきた」

「ふうん」

娘はするすると打掛の裾を引いてこちらにやってきた。幸の前に立つと、笑みを浮かべたまま見おろしてくる。

「ここは山上とうちらの里や。おまえのような小娘の来るところと違うで。食うてやろうか」

娘が口を開けると、人間のものではない、獣の歯が並んでいるのが見えた。とがっている。べろりと長い舌が口からはみでた。

「お腹《なか》が空《す》いてはるん？」

幸はきれいにとがった牙の数を数えながら訊いた。「油揚げは持ってへんのやけど」

娘は口を閉じて、奇妙なものを見る目でじろじろと幸を見た。

「油揚げなんぞ食わん。怖がらへんのか、つまらん子供や」

「御守《おまもり》があるから、怖くない」

幸はスカートのポケットから根付をとりだした。良鷹からもらった虎の根付だ。鈴がちりん、と音を立てる。娘がぎょっとあとずさった。

「おまえ、それ、なに持ってるんや」

綿帽子を引き下げて顔を隠してわめく。

「虎」

「しまえ、阿呆《あほ》、このくそがきが」

さんざんな言いようである。綿帽子から狐の鼻がのぞいていた。狐も虎は怖いらしい。怖がらせるつもりはなかったので、幸は根付をポケットにしまった。

「もう大丈夫やよ」

狐は綿帽子をそろそろとあげて、幸をうかがう。顔は娘に戻っていた。

「今度それを出したら頭から食うてやるぞ」

やはりお腹が減っているのだろうか、と思う。

「おにぎりは好き?」

そう問うと、娘はさきほどよりもますます奇妙な顔をする。幸がごそごそとポシェットをあさると、彼女は興味をひかれたようにのぞきこんだ。幸は真帆からもらったおにぎりのうち、鮭の入ったほうをさしだした。

「鮭のおにぎり」

「鮭か。鮭は好きやで」

幸は包み紙を外して渡してやる。娘は海苔《のり》に包まれたおにぎりに鼻をふんふんさせてから、ぽいと口のなかに放りこんだ。ひとくちだ。ほとんど丸飲みするようにしておにぎりを嚥下《えんか》した。

「うん。うまいな」

娘は目を細めてぺろりぺろりと指をなめる。「うまかったさかい、おまえを食うのはやめてやろう」

「狐さん、なんで花嫁さんの格好してはるん?」

なめるうち手が狐の脚《あし》になり、顔が前方に伸びはじめて、「おっと、いかん」と狐は両脚で顔をこすった。もとの娘の顔に戻る。

「なんでて、山上の娘がこの格好をしてたからや」

娘は打掛の衿《えり》をつまむ。

「花嫁行列についていったんや。花嫁姿の山上の娘と、狐の提灯が見えた。山上の娘は困ってるみたいやったさかい、手伝うてやった」

幸は首をかしげた。「手伝う?」

「困った顔しとった。そやから、花婿を眠らせてやった」

史生を眠らせたのは、この狐のしわざらしい。

「でも、それからうちのほうが困ってしもた。山上の娘は狐の提灯を忘れて、どこかへ行ってしもたさかい。狐の提灯は花婿にとられてしもた」

狐の提灯——あの筥迫のことだろう。あれが狐にとっての目印だったようだ。

「帰り道がわからんさかい、うちは里にも帰れんようになってしもた。それから花婿が山上の娘を見つけて夫婦になったけど、あの娘はうちを使《つこ》てはくれへんし、里もどこにあるんかわからへん。どうにもならんさかい、ずっと眠ってた。そしたらまた、山上の血を引く娘を見つけた。でも、あれもあかん。あの娘のまわりをうろうろしてみたけど、あれは狐の使い手やない」

山上の血を引く娘というと、怜奈のことか、と幸は思う。彼女のまわりに出没していたのは、狐の使い手かどうかたしかめていたものらしい。

「うちは里に――ここに帰りたかった」

娘はうしろをふり返る。山吹の花が風に揺れ、さざなみのようだった。

「ようやく帰ってこれた」

目を細め、両手を広げる。風が吹き渡り、黄金色の波のあいまに三角の耳があちらこちらと現れた。耳はぴくぴくと動いている。狐の耳だった。

娘は踊るように足を踏みだした。風に綿帽子が飛び、娘は打掛を脱ぎ捨てる。つぎの風が吹いたときには、娘の姿は白い狐に戻っていた。

狐は黄金の波のなかに身を投じる。ほかの狐たちの耳が見え隠れしながらそちらに近づき、やがて一緒になって山吹の花の奥へと駆けていった。

ひと声、狐の鳴き声が響き渡った。笑っているようだった。

狐の声がした。良鷹はそれに導かれるように草むらを進む。

「――幸！」

呼ぶ声は風にまぎれてしまう。がむしゃらに草を分けて足を踏みだした良鷹は、はっととまった。視界が開ける。

辺り一面が、金に光っている。まぶしさに目を細めた。露《つゆ》が夕陽《ゆうひ》に輝いているのかと思った。花だ。山吹の花だった。きらめいているように見えたのは、風に揺れる花弁だった。

その前に、幸が立っていた。

「幸」良鷹は手を伸ばし、その腕をとった。幸は驚いたように目を丸くする。良鷹は幸を抱きよせた。

「ほんまにおまえは、どこに行ってまうかわからへんな」

息を切らしている良鷹に、幸はまばたきを忘れたようにまだ目を丸くしていた。

良鷹は幸の頭を撫《な》で、身を離した。

「どこをどうやって、こんなとこまで来たんや」

「……狐さん追いかけてた」

「狐か。そうか」

良鷹は山吹の咲き乱れる一帯を眺める。山吹の里――狐の里。狐はここに戻っていったのだろう。

「おにぎりあげた」

「狐ておにぎり食べるんか」

「おいしいて言うてはったで」

そうか、と良鷹はちょっと笑った。

「戻るで」

幸の手をとり、良鷹は来たほうへ引き返す。幸は一度、黄金色に輝く野原を名残惜しげに眺めて、それから良鷹の手を握り返して歩きだした。

狐の鳴き声が聞こえた気がした。


府立植物園の西側、賀茂川の堤《つつみ》に、半木《なからぎ》の道というのがある。道沿いに遅咲きのしだれ桜が植えられているが、それももう散ったあとだった。そのおかげでひとはすくない。ピクニックシートを敷いて、良鷹は腰をおろしていた。幸がその隣でサンドイッチを頬張っている。さらにその隣には真帆がいた。真帆は保温ボトルに入れてきたコーヒーをすすっている。

「おいしい」

幸は食べかけのサンドイッチをじっと見つめて言う。そうやっておいしさの真理を見極めようとしているかのようだった。

「そう？　よかった」

真帆の作った玉子サンドだった。「からし、辛くない？　大丈夫？」

うん、と幸はうなずいてまたサンドイッチをかじる。ほかに良鷹の作ってきたローストビーフのサンドイッチもあり、幸はそれも片手に持って交互に口に運んだ。

良鷹も玉子サンドを手にとる。陽気は暑いくらいで、着てきたカットソーの袖《そで》をめくりあげていた。幸の髪は三つ編みにして、麦藁《むぎわら》帽子をかぶせてやったが、正解だった。帽子には白いリボンがついている。それがときおり吹く風に揺れていた。青いギンガムチェックのサッカー生地のワンピースが涼しげで、よく似合っている。

真帆は白いパンツを穿《は》いた脚をまっすぐ伸ばして座っていた。どうして真帆までつれてピクニックなどしているのか、きっかけをもう良鷹は忘れてしまった。話の流れでそうなったのだろう。

先日、弥生の店に行ったことを思い出す。八幡家の件で報告をしに行ったのだった。が、真帆からすでに聞いていたらしく、弥生は「お疲れさま」とだけ言った。良鷹が弥生に頭があがらないのは、そういう、余計なことを言わないところだった。両親の葬儀のあと彼を責めたときも、四十九日のあと謝りに行ったときも、彼はただ目を伏せて良鷹の言葉を受けとめただけだった。両親が亡くなったことで良鷹がむきだしの感情をぶつけたのは、あとにもさきにも弥生ただひとりだった。

サンドイッチを食べ終えて、良鷹はシートの上に寝そべる。空は寝ぼけたような春霞《はるがすみ》の色から、すっきりと澄《す》んだ青に移りつつあった。

「良鷹さん」

幸が良鷹の顔をのぞきこんでくる。

「わたし、植物園の薔薇《ばら》見に行きたい」

植物園にはときどき幸をつれて足を運んでいる。幸は気に入っているようだった。

「ほな、あとでつれてったるわ」

「うん」

幸はうれしそうに笑って、デザートのプリンを手にとった。鹿乃の手製である。

良鷹は横になったまま、プリンを食べる幸を眺める。不思議なものだな、と思う。巡り合わせというものの不確かで奇妙な縁を思った。ひとつ違えば、会うことのなかった少女だろう。引き合わせたのは父である亘の執念というべき想いだ。

「……再来年になったら十三参りに行かなあかんな」

まだ当分さきのことを口にしたのは、自分の十三参りを思い出したからだ。

「嵐山《あらしやま》の法輪寺《ほうりんじ》ですか」真帆が言う。「わたしも行きましたよ」

十三参りで有名な寺だ。良鷹も鹿乃もそこへ行った。良鷹は両親と一緒だった。

「一字写経はなんて書きました？　わたしは智恵《ちえ》の『智』でしたね」

漢字一字を書いて奉納するのである。

「忘れた」

嘘《うそ》だった。『恵』と書いたのだ。恵みとは、そのあと指のあいだからこぼれ落ちるように家族を失っていった良鷹にとってはずいぶんな皮肉だと思った。

だが、と良鷹は無心にスプーンを動かしている幸の横顔を見やる。そうでもないのかもしれない。思いがけず縁はつながる。こういうものは、輪になっているのだろう。失ういっぽうで、与えられて、与えるのだ。

良鷹は身を起こす。バスケットからプリンの器をとりだして、スプーンを手にとった。真帆もプリンを食べている。この三人で並んでプリンを食べているというのも、変な図だ。

「もうちょっと暑なってきたら、また貴船《きふね》に行こか」

「蛍《ほたる》見に？」

「そやな」

去年も夏に出かけたのだった。「うん」と幸は笑う。

「良鷹さん、ものすごくまめになってますね」

信じられない、という目で真帆が良鷹を見ている。「あのソファでごろごろしてたひとが」

「うるさい」

言い返すのが面倒でそれだけですます。真帆も幸の前だからか、それ以上なにも言ってこなかった。にやにやしているのが癪《しゃく》に障《さわ》るが。

「そろそろ行こか」

良鷹は腰をあげる。川から涼しい風が吹いていた。陽の光が水面《みなも》で揺れて、輝いている。そのやわらかくまぶしい光に、良鷹は目を細めた。

主要参考文献

『聊斎志異（下）』蒲松齢　立間祥介・編訳（岩波文庫）
『明治・大正・昭和に見るきもの文様図鑑』長崎巌・監修　弓岡勝美・編（平凡社）
『明治大正　京都追憶』松田道雄（岩波書店）
『絵はがきで見る京都―明治・大正・昭和初期―』森安正・編（光村推古書院）
『写真で見る京都今昔』菊池昌治（新潮社）
『十二支　易・五行と日本の民俗』吉野裕子（人文書院）
『神道集』貴志正造・訳（平凡社）
『日本民俗語大辞典』石上堅（桜楓社）
『日本の通過儀礼』八木透・編（思文閣出版）
『フィールドから学ぶ民俗学　関西の地域と伝承』八木透・編著（昭和堂）
『華族　近代日本貴族の虚像と実像』小田部雄次（中公新書）
『華族家の女性たち』小田部雄次（小学館）
『ある華族の昭和史』酒井美意子（講談社文庫）
『京都に残った公家たち　華族の近代』刑部芳則（吉川弘文館）

※この作品はフィクションです。実在の人物・団体・事件などにはいっさい関係ありません。

集英社オレンジ文庫をお買い上げいただき、ありがとうございます。
ご意見・ご感想をお待ちしております。

● あて先
〒101-8050　東京都千代田区一ツ橋2-5-10
集英社オレンジ文庫編集部 気付
白川紺子先生

下鴨アンティーク

アリスの宝箱

集英社
オレンジ文庫

2018年5月23日　第1刷発行
2022年8月 6 日　第2刷発行

著　者　白川紺子
発行者　北畠輝幸
発行所　株式会社集英社
〒101-8050東京都千代田区一ツ橋2-5-10
電話【編集部】03-3230-6352
【読者係】03-3230-6080
【販売部】03-3230-6393（書店専用）
印刷所　株式会社美松堂／中央精版印刷株式会社

ISBN 978-4-08-680191-1 C0193

集英社オレンジ文庫

茅《かや》野《の》実《み》柚《ゆ》

君が死ぬ未来がくるなら、何度でも

かすかな違和感以外はいつも通りの朝。
けれど、大好きなあの子は死んだ…。
死ぬ未来を死なない未来に変えるため、
運命の朝は繰り返される…。